KB199011

유산의 허상

명소민 지음

이 소설은 특정 인물이나 성격 유형을 비하하거나 폄하하려는 의도가 전혀 없습니다. 작품 속 인물들은 각기 다른 성격과 특성을 지니고 있으며, 이는 이야기 전개를 위한 설정일 뿐, 현실의 성격 유형에 대한 평가나 편견을 담고 있지 않습니다.

차 례

프롤로그

'나는 절대 아빠처럼 되지 않을 거야.'

딸은 방 안에 흩어진 스케치북을 바라보며 마음속으로 다짐했다. 그러나 그 다짐은 매일 반복될수록 더욱 어려워졌다. 연필을 쥔 손이 가늘게 떨렸고, 캐릭터의 눈을 그리던 선은 어딘가 어긋났다. 방 안은 고요했지만, 그 고요함 속에는 언제나 아빠의 흔적이 도사리고 있었다. 아빠의 그림자가 그녀의 모든 것을 무겁게 짓누르고 있었다.

사람들은 그녀가 아빠를 똑 닮았다고 했다. 얼굴만이 아니었다. 차갑고도 복잡한 그 특유의 분위기까지도. 그러나 그 말은 그녀에게 결코 자랑스럽게 들리지 않았다. 아빠는 지금 병원에 있다. 정신병원. 침대에 누워 허공을 바라보는 아빠와 자신이 닮았다는 사실은, 그녀를 더 고립시키고 그 결심을 더 단단하게 만들 뿐이었다.

"쓸데없이 만화 그리지 말고 공부나 해!"

언젠가부터 아빠는 만화가 쓸모없다고 말하기 시작했다. 그때마다 그녀는 입을 꾹 다물었다. 하지만 이제는 그 방해조차 사라졌다. 아빠는 병원에 있었고, 그녀는 홀로 자유롭게 그릴 수 있었다. 그럼에도 불구하고, 그의 그림자는 여전히 그녀를 따라다녔다.

어느 날, 그녀는 아빠를 보기 위해 병원을 찾았다. 병실 문을 열자마자 차가운 공기가 그녀를 감쌌다. 침대에 누워 창밖을 멍하니 바라보는 아빠의 모습은, 그저 허공을 향한 빈 시선일 뿐이었다. 침대에는 '이강준'이라는 이름이 적힌 카드가 걸려있었다. 외모는 그녀와 똑 닮았지만, 그 유사성은 오히려 그녀를 더욱 외롭게 만들었다.

딸은 말없이 병실 한구석에 앉아, 텅 빈 아빠의 모습을 바라보았다. 한때 무언가를 이루려 했던 아빠가 이제는 그저 침대에 누워 있을 뿐이라는 사실이, 참담하게 다가왔다. 그의 눈은 허공을 향해 멍하니 있었고, 손은 축 처져 있었다. '이강준'이라는 이름이 적힌 병실 카드만 남아 있을 뿐, 그 이름조차 더 이상 의미가 없는 것처럼 보였다.

'나는 아빠처럼 되지 않을 거야. 반드시 성공한 만화가가 될 거야.'

딸은 속으로 다짐했다. 아빠와 닮았다는 사실을 인정할수록 마음속은 더 복잡해졌지만, 그녀의 결심은 흔들리지 않았다. 조용히 자리에서 일어나 병실을 떠난 그녀의 가슴속에는 무거운 짐과 함께, 굳은 결심이 다시 자리 잡고 있었다.

1장

흐릿한 그림자

*

"드디어… 내가 팀장이 되었어."

이강준은 창밖을 바라보며 천천히 한숨을 내쉬었다. 창가 옆 팀장 자리. 그가 오랫동안 갈망해 온 자리였다. 그의 눈에 비친 창밖의 풍경은 잿빛 하늘과 함께 다소 무겁게 다가왔다. 바람 한 점 없이 고요한 하늘 아래, 사무실 내부는 차가운 형광등 불빛에 묻혀 더욱 침묵을 유지하고 있었다. 창가에 들어오는 약한 햇빛은 그의 책상 위에 무질서하게 쌓인 서류, 펜, 노트북을 무심하게 감싸고 있었다. 이강준은 뒤엉킨 서류 더미를 내려다보며 그 속에 잠재된 혼란과 불안을 느꼈다.

"내가 팀장이 됐지만… 뭔가 부족한 것 같아."

그는 자신의 말에 조용히 동의라도 하듯 한숨을 다시 내쉬었다.

여러 직장을 전전하며 대리로 머물러야 했던 시간들 동안, 그는 자신의 능력이 제대로 평가받지 못했다고 생각했다. 상사들은 그에게 기회를 주지 않았고, 작은 회사에서는 제멋대로 행동한 탓에 동료들의 불만을 샀던 기억이 스쳐 지나갔다. 하지만 이강준은 그 모든 문제의 원인이 자신이 아니라고 굳게 믿으려 했다.

최근 이강준은 직원 수가 20명도 채 되지 않는 작은 스타트업에 팀장으로 입사했다. 직책은 팀장이었지만, 직급은 다른 팀원들과 동일하게 '매니저'였다. 동일 직급 체계를 도입하는 기업들이 늘어나면서 운 좋게 대리에서 벗어나 매니저가 되고 팀장 자리에 오를 수 있었다는 사실은 그에게 큰 기쁨이었다.

그러나 직책이 팀장이 된 것에는 만족했지만, 직급이 팀원들과 똑같다는 점이 그를 불편하고 불안하게 만들었다. 맡은 책임에 비해 직급의 차이가 없다는 사실은 이강준에게 불만으로 남았다. 창문 너머로 바라본 흐릿한 하늘처럼, 이강준의 내면 역시 고요하지만 무언가 불길한 기운이 감돌고 있었다.

책상 위 컴퓨터 화면에 비친 자신의 모습은 잔뜩 굳어 있었다. 차가운 형광등 빛에 비친 그의 얼굴은 무언가를 잃어버린 듯한 표정이었다.

'내가 이 팀을 이끌 수 있을까?'

그의 마음속에 떠오르는 감정들은 거센 바람처럼 끊임없이 흩날리고 있었다. 팀장 자리를 얻었음에도 불구하고, 그 자리가 제공하는 만족감은 금세 바람에 날려가는 먼지처럼 사라졌다. 창밖의 흐린 하늘이 그의 불안을 반영하듯, 어둠은 서서히 그가 앉아 있는 사무실의 분위기를 잠식해 가고 있었다.

그는 손에 들고 있던 서류를 내려다보았다. 그것들은 회사의 리뉴얼 프로젝트와 관련된 중요한 자료들이었다. 이강준이 입사했을 때, 회사는 마침 중요한 서비스 리뉴얼 프로젝트를 막 시작하고 있었다. 그 프로젝트는 회사의 미래를 좌우할 만큼 중요한 일이었고, 운 좋게도 이강준은 디자인팀 팀장으로 입사하여 그 프로젝트의 디자인 리더로 선정되었다. 하지만 문제는 그가 이전에 자잘한 운영 디자인만 주로 맡아왔을 뿐, 실제로 UI 설계나 구축 과정에 대한 경험이 거의 없었다는 점이었다. 그럼에도 불구하고, 팀장으로서 자신의 무지를 드러낼 수는 없었다.

'팀장인데 모른다고 할 순 없지.'

이강준은 스스로를 다잡으며, 팀원들 앞에서 자신감 있는 모습을 유지하려 애썼다.

'사람들은 내가 팀장이니까 당연히 모든 걸 잘 알고 있을 거라고 생각하겠지.'

그러나 그 자신감은 얕은 자존심에서 비롯된 것이었고, 초조함에 꽉 쥔 주먹에는 땀이 배어 있었다.

'드디어 내가 이끌 수 있는 기회가 왔어.'

이강준은 이번 기회를 절대 놓치지 않겠다고 다짐했다. 마침내 자신이 모든 것을 주도할 순간이 찾아왔다고 믿었다. 6년 차 윤서진과 계약직 직원들로 구성된 디자인팀. 이 정도 규모라면 충분히 자신이 이끌 수 있을 것 같았다. 과거 대리 시절, 묻혀 있던 자신의 능력을 이제 발휘할 때라며 '사람들이 내 능력을 알아보지 못했을 뿐이야.'라고 스스로를 설득했다.

이강준은 창가에서 팀원들의 자리를 내려다보았다. 모니터들 사이로 바쁘게 일하는 팀원들의 모습이 흐릿하게 눈에 들어왔다. 이 자리가 마치 자신의 지위를 상징하는 것처럼 느껴졌다. 그러나 그의 시선에는 상반된 두 감정이 교차했다. 팀장으로서의 우월감과, 그 우월감이 사라질지도 모른다는 미묘한 불안감이었다. 이강준은 그 불안감이 점점 더 커져가는 것을 느꼈다.

'정말 내가 이들을 이끌 수 있을까?'

그는 의도적으로 고개를 들어 팀원들을 내려다보았다.

'흥, 이제 내가 너희를 이끄는 사람이야.'

스스로에게 되뇌었지만, 마음속 깊은 곳에서 커져가는 불안을 떨칠 수 없었다.

특히 통로 자리에 앉은 윤서진을 바라볼 때면, 과거 자신이 그 자리에 앉아 있었던 시절이 떠올랐다. 통로 자리는 늘 불편했고, 지나가는 사람들의 시선을 의식해야 했다. 그는 언제나 창가 자리에 앉은 사람들을 부러워하며, 그들이 상사의 신뢰를 받는 듯해 씁쓸한 기분이 들었다.

'내가 저 자리에 앉으면….'

상상의 나래를 펼쳤지만, 현실은 언제나 그 기대를 배반했다. 통로에 앉아 지나가는 사람들의 시선을 피해 모니터를 가리기 급급했던 자신의 모습이 여전히 생생했다.

지금 그 자리에 앉아 있는 윤서진은 평온해 보였다.

여느 때처럼 차분한 얼굴로 묵묵히 일을 하고 있었다.

'어떻게 저렇게 평온할 수 있지?'

이강준은 의아했다.

'저 자리는 분명 불편하고, 사람들의 시선이 신경 쓰일 텐데….'

그러나 윤서진은 전혀 개의치 않는 듯 보였다. 오히려 그 자리에서도 여유로움을 유지하고 있었다. 이강준은 윤서진과 자신 사이의 차이를 점점 더 뚜렷하게 느꼈고, 그 차이는 그의 마음속에서 점점 더 커졌다.

그는 창가에 앉아 팀원들을 내려다보며, 상사로서 팀원들에게 피드백을 주는 자신의 모습을 상상했다.

'내가 팀장답게 멋지게 리드하고 피드백을 줘야 해.'

그러나 창가에 앉아 팀원들의 자리를 내려다볼 때마다, 이강준에게 불안감이 서서히 밀려들었다. 윤서진의 차분한 모습이 다시금 그의 시선을 사로잡았다.

'왜 이렇게 불안한 거지? 내가 갑인데….'

그의 시선이 책상 위 윤서진의 디자인 시안에 멈췄다. 깔끔하고 감각적이면서도 논리적으로 설명이 가능한 작업물이었다. 이강준은 잠시 감탄했지만, 곧 질투와 불안이 뒤섞여 그의 마음을 어지럽혔다.

'서진 매니저는 취미로 그림도 그린다던데, 왜 이렇게 안 어울리게 체계적으로 일하지?'

불쾌함이 스며들자, 그는 잔머리를 굴리기 시작했다.

'어떻게든 상사로서 멋지게 피드백을 주는 모습을 보여줘야 하는데….'

그러나 그는 윤서진의 디자인에 피드백할 만한 실력이 없었다. 점점 초조해진 그는 불안감을 떨칠 수 없었다. 그러다 문득 대기업 S사의 디자인이 떠올랐다.

'그래, 일단 이걸로 시작해 보자.'

억지로 생각을 짜내 입을 열었다.

"서진 매니저."

이강준은 서류를 내려놓으며 차갑게 말했다.

"이 디자인, 감각적이긴 한데 너무 자기 세계에 빠져 있네. S기업에서는 이렇게 디자인하지 않아. 우리도 대기업이랑 똑같이 디자인해야지. 왜 제대로 벤치마킹하지 않고 혼자만의 세계에 빠져 있어, 응? 네가 예술인이야?"

이강준이 지적한 '자기 세계에 빠져 있다'는 말은 과거 그가 상사들에게 들었던 꾸짖음이었다. 상사들은 그가 체계적이지 않고 혼자만의 방식에만 집착한다고 비판했고, 그때마다 이강준은 억울함을 느꼈다. 이제 그는 그 말을 고스란히 윤서진에게 돌려주고 싶었다. 윤서진도 자신처럼 예술을 한다는 이유로 무시당한 경험이 있을 거라고 생각했고, 이 말이 그녀에게 상처를 줄 것이라고 확신했다.

'이렇게 남들처럼 피드백을 하면서 나도 팀장으로서 한 단계 성장하는 거야.'

이강준은 마치 자신은 그런 비판을 받은 적이 없다는 듯, 윤서진을 한심하게 바라보며 속으로 자신을 설득했다.

윤서진은 잠시 멈칫했지만, 곧 차분하게 대답했다.

"대표님도 우리 서비스와 잘 어울린다고 긍정적으로 평가하셨습니다."

그녀의 침착한 반응에 이강준은 더 큰 불쾌감을 느꼈다.

'그럼 나는 뭐지? 팀장이 되었는데도 여전히 무시당하고 있어.'

그는 완전히 기선제압을 해야겠다고 결심했다.

"대표님이랑 따로 얘기했어. S기업의 디자인처럼 가기로 했다고."

사실 그는 대표와 그런 논의를 한 적이 없었다. 하지만 자신을 더 중요한 위치에 있는 사람으로 보이게 하고 싶었다. 마치 언제든 대표와 자유롭게 논의하며, 모든 것을 조율하는 사람처럼 보이길 바랐다.

이강준의 불쾌한 감정은 좀처럼 가라앉지 않았다. 문득 '매니저'라고 적힌 명함이 그의 눈에 들어왔다.

'나는 팀장인데, 왜 명함에는 매니저라고만 적혀 있는 거지? 내가 이 팀을 이끌고 있는데.'

그 생각에 짜증이 치밀었다.

'팀장이라는 직함이 명함에 있어야 자랑할 수 있는데, 회사에서 이런 사소한 부분도 신경을 안 쓰다니.'

시선은 다시 윤서진에게 향했다. 그녀는 여전히 침착하고 완벽해 보였으며, 상처받은 표정은 전혀 보이지 않았다.

'실수를 좀 하고 힘들어해야 내가 피드백을 주면서 팀장으로서 내 존재감을 확실히 각인시킬 텐데….'

그는 속으로 불편한 마음을 삼키며 다시 말을 걸었다.

"서진 매니저, 너무 완벽하려고 하지 마. 실수를 안 한다는 건 오히려 강박증일 수 있어. 좀 더 자유롭게, 창의적으로 생각해 봐."

윤서진은 이강준의 말을 듣고 더 이상 반박하지 않았다. 그녀는 첫 만남에서 그가 자신을 "INFP입니다."라고 소개했던 순간을 떠올렸다. 그가 수줍게 웃으며 그렇게 말했을 때, 윤서진은 '섬세하고 여린 사람인가?'라는 생각을 했었다. 당시 그의 불안한 눈빛과 흔들리는 시선은 단순히 낯을 가려서 그런 줄 알았다. 그러나 시간이 흐를수록, 윤서진은 그에게 다른 이유가 있을지도 모른다는 의심이 들기 시작했다. 그가 점점 더 차가운 말투와 끊임없는 지적, 그리고 권위적인 태도를 드러내는 모습은, 처음 받았던 인상과는 너무나 달랐다.

윤서진이 통로 자리로 돌아가는 모습을 바라보며, 이강준은 묘한 만족감을 느꼈다.

'이게 바로 권력이구나.'

문득, 과거 자신이 상사들로부터 당했던 일들이 떠올랐다. 그들도 이 순간, 자신에게 느꼈던 우월감을 이렇게 누렸을 거라는 생각이 스쳤다. 억울함이 잠시 밀려왔지만, 동시에 이제 자신이 상사의 자리에 있다는 사실이 또 다른 우월감을 불러일으켰다. 윤서진이 자신 앞에서 작아지는 모습을 보며 느끼는 이 우월감은, 그에게 일종의 승리처럼 다가왔다.

그러나 그 순간, 갑작스러운 불안이 밀려왔다. 방금 전까지 느꼈던 권력의 달콤함이 이내 사라져 버린 것이었다. 만족감이 왜 이렇게 쉽게 증발하는지 알 수 없었다. 마치 잡히지 않는 연기처럼, 그의 마음은 더 깊은 불안의 소용돌이 속으로 빠져들었다. 그가 오랫동안 갈망해 온 자리였음에도, 그 자리에서 느껴야 할 안정감은 점차 사라지고 있었다.

'팀장 자리가 흔들릴 수도 있겠군….'

불안감이 깊숙이 파고들었다. 심장이 쇠망치처럼 그의 가슴을 두드렸다. 온몸이 경직되어 차갑게 굳어갔다. 창밖의 어둠은 더욱 짙어지고, 그의 불안감은 마치 그 어둠과 한 몸이 된 듯 서서히 그를 잠식하고 있었다.

이강준은 서둘러 그 불안을 억누르기 위해 속으로 다짐했다.

'그래, 나에게 유리한 전략만 세우면 돼. 세상은 원래 상사 편이니까.'

2장

비틀린 나침반

*

이강준은 어떻게 이 상황을 헤쳐 나갈지 깊이 고민하며 머릿속으로 전략을 짜기 시작했다.

'나는 큰 그림을 그리는 팀장이니, 관리에만 집중하면 약점이 드러나지 않겠지?'

과거 직장에서 자신을 부려 먹던 전무님이 불현듯 떠올랐다. 인쇄 버튼 하나도 제대로 누르지 못해 하루에 수십 번씩 "이 대리!" 하고 소리치던 그 전무님은, 이강준이 부름을 듣자마자 전무실로 뛰어오게 만들었다. 전무님이 "프린트된 거 가져와!"라고 지시하면, 이강준은 또 서둘러 프린트물을 들고 전무실로 달려갔었다. 그런 전무님이 한 달에 30억 원 매출을 성사시키며 회사의 핵심 인물로 대접받았다.

'작은 일엔 무능한 척했지만, 큰 전략으로 모든 걸 해결했지.'

이강준은 그 전무의 능력을 흠모하면서도 질투심을 느꼈다. 그 외에도 중요한 전략만을 짜고, 잡일에는 전혀 신경 쓰지 않는 다른 상사들이 연달아 떠올랐다. 이강준은 그들의 방식이 지금의 자신에게 필요한 답이라고 생각했다.

'그래, 나도 그 상사들처럼 행동하면 될 거야.'

그는 속으로 다짐했다. 마치 노련한 관리자처럼, 관리자의 태도로 모든 것을 통제하려는 듯 스스로를 다잡았다. 세부적인 일에는 신경 쓰지 않고, 관리와 전략에만 집중하는 모습을 보이면 팀원들은 자신을 리더로 인정할 것이라고 확신했다. 그는 책상 앞에 앉아 한숨을 길게 내쉬며 스스로를 다독였다.

'세부적인 건 사람들이 알아서 수습하겠지.'

그러나 이강준은 회사 서비스의 핵심 화면도 직접 디자인하고 싶은 마음이 간절했다. 대리 시절에는 이런 중요한 디자인 작업을 해본 적이 없었기 때문에, 늘 그 기회를 갈망해 왔고, 다른 디자이너들을 부러워하곤 했다. 그는 언젠가 자신만의 포트폴리오 사이트를 만들어 자신의 디자인 능력을 자랑하고 싶었다. 그러나 현실은 자잘한 작업물들로만 가득했고, 그럴 때마다 자신의 포트폴리오를 보며 불만이 쌓여갔다. 이제 팀장으로서의 위치와 함께 핵심 디자인 업무까지 쥐고 싶다는 욕심이 커져만 갔다. 관리와 디자인, 두 마리 토끼를 모두 잡고자 하는 욕심이 그를 점점 더 압박했다.

'이게 내 디자인 능력을 증명할 수 있는 마지막 기회일지도 몰라.'

이강준과 윤서진은 각각 화면을 나눠서 작업하기 시작했다. 윤서진에게 경쟁심이 느껴지지 않자, 이강준은 점점 팀장으로서의 위치를 잊은 채 실무에 대한 욕심을 드러내기 시작했다. 그는 회사의 핵심 서비스 화면을 전부 자신이 맡으며 주도적으로 작업했다. 자신이 "큰 그림을 그리는 사람"이라고 자부했던 모습은 희미해졌고, 어느새 자신의 작업에만 깊이 몰두하게 되었다. 그의 시야는 매우 좁아졌고, 윤서진의 작업에는 전혀 관심을 두지 않았다. 팀장으로서의 역할은 점점 뒷전이 된 듯했다.

시간이 흐르자 두 사람의 실력 차이는 점점 더 두드러졌다. 윤서진은 전체적인 프로젝트 흐름을 한눈에 파악하고, 그에 맞춰 원활하게 소통하며 복잡한 문제를 빠르고 체계적으로 해결했다. 그녀는 일의 세부 사항까지 철저하게 챙기며, 작은 실수도 용납하지 않는 꼼꼼함으로 프로젝트를 빈틈없이 유지했다. 그녀의 차분하고 단단한 태도는 사무실에서도 돋보였다.

반면, 이강준은 자신의 작업에만 몰두한 나머지 주변 상황을 놓치기 시작했다. 그의 시야는 점점 더 좁아졌고, 큰 그림을 놓친 채 같은 실수를 반복했다. 매번 허둥대며 문제를 해결하려 했지만, 실수만 더 눈에 띄었다. 사무실의 차가운 공기 속에서 그의 조급한 손놀림은 점점 더 엉성해졌다.

이강준은 실수를 할 때마다 그것을 감추기 위해 더 더욱 소통을 피했다. 윤서진의 작업까지 신경 쓰느라 너무 바빴다며 작은 실수일 뿐이라고 변명했다. 그는 자신의 실수를 감추기 위해 더욱 허둥댔고, 책임을 윤서진에게 슬쩍 떠넘기기 일쑤였다.

'나는 실무와 윤서진의 작업을 모두 관리하며 큰 그림을 그리는 팀장이야. 이런 세세한 실수쯤은 아무도 신경 쓰지 않겠지.'

이강준은 이렇게 자신을 위로하며, 실수를 합리화하려 했다.

그러나 그의 책임 회피는 오래가지 않았다. 시간이 흐를수록 그가 큰 그림을 보지 못한다는 사실이 점점 더 드러났다. 더구나 그가 맡은 작업에서도 실수가 반복되면서 상황은 더욱 악화되었다. 회사 내부에서는 "이강준이 팀장 자리에 어울리지 않는다"라는 속삭임이 점차 퍼져, 마침내 사무실 전체를 채우게 되었다.

이 소문들이 이강준의 자존심을 서서히 갉아먹기 시작했다. 자신이 팀장으로서의 자격을 의심받고 있다는 사실을 그는 도저히 견딜 수 없었다. 그의 마음속 불안은 점점 커졌고, 들려오는 수군거림에 얼굴은 점차 굳어갔다. 사무실을 거닐며 태연한 척하려 했지만, 불안감에 그의 발걸음은 점점 더 무거워졌다.

'왜 나만 이렇게 실수를 할까? 윤서진도 디자이너고 취미로 그림도 그린다는데, 왜 재는 그런 허당 같은 모습이 보이지 않는 거지?'

이강준은 점점 자신을 윤서진과 비교하게 되었고, 그럴수록 불안감은 더욱 깊어졌다. 윤서진의 차분하고 완벽해 보이는 모습은 그의 약점을 비추는 거울 같았다. 불안감은 그의 자존감을 갉아먹었고, 그는 실수를 감추려 윤서진의 일거수일투족에 점점 더 집착했다. 마치 그녀의 허점을 찾아내려는 듯, 그의 시선은 끊임없이 그녀를 쫓았다.

불안에 사로잡힌 이강준은 며칠 동안 잠을 뒤척이며 점점 더 지쳐갔다. 그는 자신의 약점을 윤서진에게 털어놓음으로써, 그녀의 심리적 우위를 점하고 싶었다. 그렇게 하면 윤서진이 동정심을 가질 것이라고 기대했다. 동시에 그녀의 약점을 파헤칠 기회를 엿보고 있었다.

어느 날, 이강준은 윤서진에게 느닷없이 점심 식사를 제안했다. 식사 자리에서 그는 일부러 감정을 담은 목소리로 이야기를 꺼냈다.

"나도 네 나이 때는 정말 힘들었어."

천천히 젓가락을 들며 그는 말을 이었다.

"부모님이 너무 엄격하셨거든. 뭐 하나 제대로 할 수 없었지. 그런 상태로 사회에 나오니까 더 힘들더라고."

평소와 다르게 부드러워진 그의 말투 뒤에는 복잡한 의도가 숨겨져 있었다. 이강준은 윤서진이 자신의 고백에 공감하고, 마음의 문을 열어주길 바라고 있었다.

이강준은 자신의 과거 상처를 꺼내며, 이를 통해 자신의 실수를 이해받고 싶어 했다. 그의 목소리에는 미묘한 불안감이 묻어 있었지만, 그는 애써 여유를 유지하며 말을 이었다.

"내가 초보 팀장이긴 해. 그래도 나는 팀장이니까, 작은 실수쯤은 크게 문제가 되지 않아야 하잖아."

이강준은 윤서진이 자신의 어려움을 헤아려주고 공감해 주길 바라며 말을 이어갔다. 하지만 윤서진의 반응은 그의 기대와 달랐다. 그녀는 잠시 미소를 지으며, 마치 과거의 무게를 이미 내려놓은 사람처럼 담담하게 대답했다.

"저도 비슷한 경험이 있어요. 부모님이 엄격하셨지만, 이제는 그 모든 것에서 벗어났어요. 지금은 제가 제 삶을 살고 있거든요."

윤서진의 말은 따뜻하면서도 단호했다. 그녀의 눈에는 과거의 상처를 넘어서려는 강인한 결심이 담겨 있었다.

그 말은 겉보기에는 가볍게 들렸지만, 이강준에게는 큰 충격으로 다가왔다. 그는 속으로 혼란스러워하며 생각했다.

'상처에서 벗어났다고? 그럴 리가. 너도 분명 나처럼 상처받고 있을 텐데.'

그는 윤서진의 말을 쉽게 받아들일 수 없었고, 그녀

의 진심을 의심하며 혼란에 빠졌다. 그 순간, 이강준은 자신과 윤서진의 차이를 뼈저리게 깨달았다. 윤서진은 스스로를 치유하며 앞으로 나아가고 있었지만, 그는 여전히 과거에 갇혀 자신의 실수를 정당화하려 애쓰고 있었다.

'절대 말이 안 돼.'

이강준은 그 말에 점점 더 집착하며, 마음 깊은 곳에서 밀려오는 불안과 맞서고 있었다.

"정말 그 상처에서 벗어났다는 거야? 심리 상담 같은 걸 받아봐야 할 텐데?"

이강준은 불안한 표정으로 물었다. 그의 눈빛에는 윤서진이 뭔가를 숨기고 있다고 확신하려는 의도가 엿보였다.

윤서진은 그 질문에 잠시 놀란 듯했지만, 여전히 차분하게 대답했다. 그녀의 눈빛은 흔들림이 없었고, 목소리 역시 안정적이었다.

"상담이요? 딱히 필요하지 않았어요. 시간이 지나면서 자연스럽게 극복됐거든요."

그녀는 상처가 더 이상 자신에게 아무런 영향을 미치지 않는다는 듯, 가벼운 어조로 말했다. 그녀의 태도는 담담했지만, 이강준에게는 그 말이 묵직하게 다가왔다.

이강준은 눈살을 찌푸렸다.

'그렇게 쉽게 극복됐다고?'

그는 그 말을 믿기 어려웠다. 그의 머릿속에는 자신이 짊어졌던 과거의 상처들이 떠올랐고, 그로 인해 더 깊은 혼란에 빠졌다.

"그래도 그런 상처는 쉽게 치유되지 않아. 심리 상담은 필수 일 거야."

그의 목소리는 떨렸고, 그 속에는 여전히 불안과 의심이 묻어 있었다. 이강준은 윤서진이 진심을 말하고 있는지 의구심을 품었고, 그녀가 무언가를 감추고 있다는 생각에 점점 더 사로잡혔다.

윤서진의 담담한 태도는 이강준을 더욱 혼란스럽게 만들었다. 그녀가 마치 상처를 쉽게 극복한 듯한 모습은, 그를 한층 더 불안하게 했다.

'나도 상담을 받았지만, 아무것도 해결되지 않았는데….'

이강준은 속으로 스스로를 설득하려 했지만, 윤서진의 태도는 그의 혼란을 더욱 증폭시켰다. 그녀가 비슷한 가정환경에서 자랐음에도 불구하고 이렇게 덤덤하게 자신을 치유하고 성장한 모습은 그에게 믿기 어려운 일이었다. 반면, 그는 여전히 고통 속에 갇혀 있었다. 그녀의 차분한 모습은 그에게 더 큰 억울함과 불쾌감을 불러일으켰다.

'절대 저렇게 담담할 리가 없어.'

그는 스스로에게 되뇌었다. 자신의 고통과 상처를 여전히 품고 있는 자신과, 이를 극복한 윤서진의 차이는 그에게 뚜렷한 좌절감을 안겨주었다.

윤서진은 미소를 지으며 말했다.

"사실 저도 신입 시절에는 실수가 많았어요. 하지만 스스로 훈련하고, 체계적으로 일하는 습관을 들이면서 극복할 수 있었죠."

그녀의 표정은 차분하면서도 자부심이 느껴졌다. 윤서진은 회상에 잠긴 듯, 부드럽게 덧붙였다.

"지금보다 훨씬 어렸을 때는 엄격한 부모님께 인정받고 싶었어요. 그래서 빠르게 하면서도 실수하지 않으려고 노력했죠. 그때는 너무 조급했던 것 같아요. 심지어 3개월 동안 생산직에서 일해 본 적도 있어요. 실수 없이 일하는 법을 배우고 싶어서 말이에요. 지금

돌이켜보면 그렇게까지 할 필요는 없었지만, 그 경험이 저를 단단하게 만든 것 중 하나라고 생각해요."

이강준의 눈빛이 순간 번뜩였다.

'약점 잡았다.'

그는 속으로 쾌재를 부르며, 잠시나마 숨통이 트이는 듯한 안도감을 느꼈다. 윤서진의 과거 이야기가 자신에게 유리하게 작용할 수 있다는 생각에, 그의 마음속에 억눌려 있던 불안이 가라앉는 듯했다. 이강준은 이 기회를 이용해 그녀를 더 깊이 파헤치려는 욕망에 사로잡혔고, 그의 안색에는 교활한 미소가 스쳤다.

'너도 상처를 받을 수밖에 없어.'

그는 윤서진의 완벽함을 무너뜨리고 싶어 했다. 그녀의 질서 정연한 태도를 흔들어 놓아, 더 이상 그 차분함을 유지하지 못하게 하려는 것이었다.

그는 고의적으로 모호하고 일관성 없는 지시를 내리기 시작했다. 하나의 지시가 내려지면, 얼마 지나지 않아 그와 반대되는 지시가 이어졌다. 윤서진은 처음에는 이를 단순한 팀장의 실수로 여겼다.

'아직 미숙한 거겠지,'

그녀는 속으로 생각하며, 혼란 속에서도 이강준의

지시를 따르려고 애썼다.

그러나 시간이 흐를수록, 이강준의 지시는 점점 더 비논리적이고 무질서해졌다. 업무의 흐름은 끊어졌고, 그녀가 쌓아온 체계는 점점 흔들리기 시작했다. 윤서진은 이 상황에서 벗어나려 했지만, 결국 그의 함정 속에 빠져들었고, 그녀의 차분했던 태도에도 점차 균열이 생기기 시작했다.

이강준의 혼란 조성은 점점 더 극단으로 치달았다.

"서비스 대표 컬러를 분홍색으로 바꾸자. 모든 디자인을 수정해."

그의 목소리는 단호했지만, 윤서진은 이미 비슷한 지시를 여러 번 받아온 상태였다. 처음에는 며칠에 한 번씩 바뀌던 지시가 이제는 하루에도 수십 번씩 번복되었다. 이강준은 의도적으로 혼란을 조성하며 윤서진을 몰아붙였다.

그는 그녀가 실수를 하길 바라며 지시를 계속 번복했다.

'이번엔 누락된 부분이 드러날 거야.'

그는 속으로 중얼거리며, 마치 불안정한 상황을 자신이 통제하고 있다는 착각에 빠졌다. 윤서진이 자신의 실수를 덮어주는 과정에서, 그녀마저 혼란에 빠져 자신이 저지른 실수들이 모두 윤서진 탓이 되길 바랐다.

시간이 흐를수록 이강준의 행동은 더욱 예측 불가능해졌고, 윤서진도 그 비논리적인 상황에 조금씩 흔들렸다.

이강준의 감정은 점차 뒤얽혀갔다.

'너도 결국 나처럼 무너질 거야. 어차피 회사는 늘 상사 편이니까.'

그는 억울했던 과거의 기억을 떠올리며, 윤서진이 결국 자신의 상처를 극복하지 못하고 무너질 것이라 확신했다. 과거의 상처와 고통을 되새기면서, 윤서진의 성공을 볼 때마다 그의 불안은 점점 커져만 갔다.

그러나 윤서진은 혼란스러운 상황 속에서도 차분하게 업무를 처리해 나갔다. 체계가 계속 바뀌었지만, 그녀는 흔들림 없이 맡은 바를 소화 해냈다. 부지런하면서도 침착하게 일정을 따라가는 그녀의 모습은 더욱 단단해 보였다. 이 모습을 지켜보던 이강준은, 반대로 자신이 점점 휘정거리고 있음을 느꼈다.

'어떻게 저럴 수 있지?'

그의 속마음은 점점 조급해졌다. 윤서진의 태도는

그의 불안과 긴장을 더욱 자극했다. 업무 일정이 조금씩 지연되면서, 그 책임이 자신에게 있다는 걸 깨닫자, 이강준은 마치 숨이 조여오는 듯한 압박감을 느꼈다. 그는 자신의 무능을 감추기 위해 점점 더 많은 변명을 만들어내야 한다는 부담감에 짓눌렸다. 그 무게는 그의 어깨를 더욱 짓눌렀다.

어느 날, 이강준은 윤서진에게 차갑게 말했다.

"넌 강박증이 있어서 실수하지 않으려고 너무 애쓰는 거야."

그의 목소리에는 묘한 비웃음이 섞여 있었다.

"나는 내 실수가 많다는 걸 숨기지 않아. 오히려 그걸 인정할 줄 아는 참된 리더야."

그 순간, 윤서진은 이강준과의 식사 자리에서 실수를 줄이기 위해 자신이 노력했던 과거를 이야기한 것이, 오히려 이강준에게 약점으로 작용했음을 깨달았다. 그녀는 단순히 경험을 공유했을 뿐이었지만, 이강준은 그 이야기를 자신의 불안과 무능함을 덮는 수단으로 삼고 있었다. 그 깨달음에 윤서진은 씁쓸함과 경계심을 동시에 느꼈다. 그녀는 그의 말을 조용히 들으면서도, 그가 불안을 감추려 한다는 것을 간파했다.

그의 변명과 자기 합리화 뒤에는 깊은 공허함이 자리하고 있었다.

이강준이 작성한 관리 문서와 체계는 처음에는 매우 그럴듯해 보였다. 그는 인터넷에서 쉽게 구할 수 있는 관리 양식을 차용해와 알록달록하게 꾸미면서, 겉으로는 체계적이고 잘 정리된 듯한 인상을 주었다. 처음 문서를 본 사람들은 그 화려한 색깔과 깔끔한 포맷에 놀랐지만, 시간이 지나자 그 안에 실속이 없다는 사실이 서서히 드러났다. 중요한 일정이나 작업 범위는 파악되지 않았고, 그의 계획은 현실과는 동떨어져 있었다.

윤서진은 그 문서를 들여다보며 생각했다.

'일정도, 작업 범위도 전혀 파악하지 못하고 있군.'

하지만 그녀는 그 생각을 내색하지 않았다. 오히려 아무런 문제가 없는 듯이 차분하게 문서를 받아들였다. 윤서진의 표정에는 그 어떤 변화도 없었지만, 속에 감춰진 의구심과 비판의 시선은 점점 깊어졌다.

한편, 이강준은 자신이 작성한 관리 문서와 계획을 주간 보고 때마다 발표하며, 대표와 임원들의 신임을 얻기 시작했다. 겉보기에는 화려하고 체계적인 문서

덕분에, 대표와 임원들은 이강준을 철저한 팀장으로 보았다. 그의 보고서에 나열된 계획들은 마치 회사의 발전을 이끄는 듯한 인상을 주었고, 이강준은 보고서를 통해 큰 그림을 그리는 사람으로 인정받는 듯했다.

그러나 그의 실무 능력은 여전히 부족했다. 겉으로 보이는 문서와 달리, 실제로 이를 실행에 옮길 능력은 전혀 갖추고 있지 않았다. 마치 문서를 알록달록하게 꾸미는 것이 그의 주된 목표인 것처럼, 이강준은 계속해서 새로운 문서에 집착했다. 그는 실무에 체계를 적용하고 구체화할 능력이 부족했기에, 스스로의 약점을 감추기 위해 새로운 계획을 남발할 수밖에 없었다.

윤서진이 그의 지시를 따르려고 할 때마다, 이강준은 의도적으로 체계를 뒤엎고 새로운 계획을 내놓았다. 그의 잦은 체계 변화와 실무 개입은 단순히 윤서진을 괴롭히려는 의도뿐만 아니라, 그가 관리와 실행에서 겪고 있는 부족함을 감추려는 시도였다. 이강준의 이러한 행동은 윤서진에게 혼란을 주었고, 그 혼란 속에서 자신의 결핍을 숨기고자 하는 그의 내면적 갈등은 점점 더 깊어졌다.

'자기가 만든 체계를 1초 만에 잊어버리다니…'

윤서진은 이강준의 혼란스러운 지시를 따르며 내심 당황스러움을 느꼈다. 매번 바뀌는 그의 지시는 그녀의 방향 감각을 잃게 만들었고, 마치 안갯속에서 길을 헤매는 듯한 기분이 들었다. 처음에는 그럴듯해 보였던 그의 체계도, 정작 본인은 그것을 기억조차 못한 채 새로운 지시를 던지기 일쑤였다. 윤서진은 이강준의 불안정함 속에서 자신이 중심을 잃어가는 것을 느꼈지만, 그럼에도 표정 하나 바꾸지 않고 그 상황을 묵묵히 견뎠다.

어느 날, 이강준은 회사에 새로운 소프트웨어 도입을 제안했다. 회사는 그 제안을 높이 평가하며, 그에게 더 많은 관심을 기울였다. 그러나 이강준의 속내는 따로 있었다. 그는 윤서진에게 기존의 디자인 작업은 그대로 두고, 앞으로 새로 진행할 디자인 작업에만 이 소프트웨어를 사용하라고 지시했다. 윤서진은 이러한 방식이 다른 부서에도 혼란을 초래할 수 있다고 우려했지만, 팀장인 그의 지시를 따르기로 했다. 결과적으로, 새로운 소프트웨어로 진행된 윤서진의 디자인 작업은 큰 호평을 받았다.

이강준은 새로운 소프트웨어를 도입한 공로를 자

신이 인정받을 것이라 기대했지만, 정작 윤서진의 능숙한 적응력과 디자인 실력이 더 주목받게 되었다. 그가 바랐던 인정은 윤서진의 성과가 빛을 발하면서 점점 희미해져 갔다.

직장 동료들은 윤서진의 자리를 지나치며 감탄을 자아냈다.

"우와! 우리 서비스 디자인 정말 예뻐졌어!"

이들의 찬사에 윤서진은 묵묵히 작업을 계속했지만, 이를 지켜본 이강준의 마음속에서는 초조함이 커져만 갔다. 자신이 제안했던 소프트웨어가 윤서진의 디자인 작업을 돋보이게 만든 것 같다는 생각이 들자, 그는 점점 더 불안해졌다. 결국, 이강준은 그 소프트웨어를 윤서진에게 알리지 않고 회사에 해지하도록 요청했다.

그로 인해 윤서진은 더 이상 해당 소프트웨어로 작업한 파일을 수정할 수 없었다. 그녀가 공들여 완성한 작업은 한순간에 무용지물이 되고 말았다. 당혹스러움과 좌절이 몰려오는 순간, 윤서진은 이강준의 의도를 깨달았다.

'이건 단순한 실수가 아니야. 나를 의도적으로 방해

하려는 거야.'

이강준은 아무런 해명도 없이 새로운 지시만 내리며, 파일들이 사라진 것에 대해 무심한 태도를 보였다.

'이건 회사에서 최종 결정한 거니까, 넌 어쩔 수 없겠지.'

이강준의 무심한 태도는 윤서진에게 더욱 큰 충격으로 다가왔다.

'팀장님이 일부러 나를 흔들려고 하는 거구나.'

윤서진은 이강준의 의도를 확신했다.

이강준의 지시는 점점 더 비합리적이고 무리한 요구로 변해갔고, 윤서진은 그 모든 것이 자신을 무너뜨리려는 계획이라고 확신하게 되었다. 그의 행동은 점차 노골적으로 변해갔고, 윤서진은 그것을 더 이상 무시할 수 없었다.

주간 보고 시간에 이강준은 윤서진을 의도적으로 무안하게 만들며 그녀를 흔들려 했다. 매주 디자인팀의 발표가 끝나면, 그는 보통 다른 팀의 멀리 앉은 팀장에게 마우스를 전달해야 했다. 하지만 이번에는 윤서진에게 슬쩍 마우스를 건네며 그녀를 주목하게 만들었다.

이강준의 시선은 마우스에 초집중되어 있었다. 그의 손길은 마치 중요한 것을 전달하는 것처럼 느껴졌고, 그의 등줄기에는 땀이 흘러내렸다. 그의 동공은 커지고, 긴장감이 서서히 그를 압박하는 듯했다. 이 상황은 이강준에게 승부를 가를 결정적인 기회처럼 보였다.

윤서진은 아무것도 모른 채 회의에 집중하며 마우스를 받으려고 손을 뻗었다.

'지금이야!'

이강준은 갑자기 마우스를 휙 빼버렸다. 윤서진의 손이 마우스를 잡기 직전이었다. 그는 억지로 팔을 뻗어 맞은편 멀리 앉은 다른 팀장에게 마우스를 건넸다.

'아니, 유치하게 뭐 하는 거지?'

윤서진의 손은 매번 허공을 가르며 멈췄고, 그럴수록 불편함이 회의실에 짙게 가라앉았다.

매주 반복되는 이강준의 행동을 통해 그의 의도를 눈치챈 윤서진은 더 이상 그의 유치한 장난에 휘말리지 않기로 결심했다. 이강준이 마우스를 건네며 그녀가 손을 뻗기를 기다리는 기색을 보여도, 윤서진은 차분하게 그를 응시할 뿐이었다. 그녀는 그의 불안한 표정을 바라보며, 조용히 맞섰다. 이강준은 예상 밖의 반응에 잠시 당황한 듯했지만, 윤서진의 태도는 전혀 흔들리지 않았다.

윤서진이 계속해서 마우스를 받아주지 않자, 이강준은 점점 더 무안해졌다. 마음속 깊은 곳에서 분노가 치밀어 올랐다.

'감히 팀장인 나를 무시해?'

그는 속으로 복수를 다짐하며, 윤서진을 더 곤란하게 만들 방법을 궁리했다. 그의 눈빛은 차갑게 식어갔고, 어떻게든 그녀를 불편하게 만들 방법을 생각해 내려고 애썼다.

어느 날, 회사에서 새롭게 도입된 팀 회식 제도에 따라 각 팀에 회식 카드가 지급되었다. 이강준은 윤서진에게 다가가 카드를 코 앞까지 내밀며 말했다.

"디자인팀 회식 카드를 맡아줄래?"

윤서진은 잠시 의아해하며 속으로 생각했다.

'팀장님이 웬일이시지?'

그녀는 별말 없이 손을 뻗어 카드를 받으려 했다. 그런데 그 순간, 이강준은 눈 깜짝할 사이에 손을 휙 빼며 비웃듯 말했다.

“아, 너는 허당이라서 안 돼.”

비웃음 섞인 그의 말과 함께 카드는 다시 서랍 속으로 들어갔다. 윤서진은 순간 멈칫했지만, 곧 이강준의 의도를 꿰뚫어 보았다.

‘나에게 허당 이미지를 씌우려 하는 거군.’

그녀는 이강준이 자신의 부정적인 이미지를 투사하려 한다는 것을 깨달았다. 그러나 윤서진은 그의 의도적인 조롱에 흔들리지 않기로 단단히 마음먹었다.

회식이 끝난 후, 이강준이 카드를 두고 온 것을 알아차린 윤서진은, 그가 당황해 회사에 전화하며 허둥대는 모습을 지켜보았다. 하지만 더 이상 그의 행동에 휘둘리지 않겠다고 다짐한 그녀는 그 장면마저도 무심하게 넘겼다. 이후에도 이강준의 잦은 실수에 무반응으로 일관하며, 차분한 태도를 유지하려고 애썼다.

그러나 이강준의 사소한 행동들조차 윤서진에게는 점점 더 큰 심리적 부담으로 다가왔다. 겉으로는 무심한 듯 보였지만, 이강준에게 반응하지 않으려는 노력은 윤서진의 에너지를 점차 갉아먹었다. 이강준은 윤서진이 자포자기 상태에 빠지도록 더 집요하게 그녀를 괴롭히며 혼란에 몰아넣었다. 변덕스러운 지시와 비합리적인 요구를 던지며, 그녀의 한계를 넘어서기를 바라는 듯 행동했다. 윤서진은 그의 행동이 단순한 변덕이 아닌, 자신을 무너뜨리려는 의도임을 명확히 깨달았다.

윤서진은 끊임없이 변하는 이강준의 지시와 비일관적인 업무 처리 방식에 점점 더 혼란스러워졌다. 그의 잦은 지시 변경은 회사 전반에 불안을 확산시켰고 프로젝트는 점점 지연되었다. 윤서진은 이런 와중에도 문제를 해결하려고 애썼지만, 상황은 갈수록 악화되기만 했다.

'더 이상 이렇게는 안 돼.'

그녀는 이강준과의 대화만으로는 이 문제를 해결할 수 없다는 결론에 도달했다. 그의 지시는 일관성이 없었고, 다른 부서들도 점점 지쳐갔다. 윤서진은 다른 부서 팀장들에게 도움을 요청해 문제를 해결해 보려 했다.

'그래도 내가 할 수 있는 건 다 해보고 싶어.'

그녀는 마지막으로 이강준과 대화해, 이 상황에서 최소한의 해결책이라도 찾겠다고 결심했다. 이강준의 태도와 그간의 잘못된 지시를 차분하게 지적하며,

이번 기회를 놓치지 않겠다고 다짐했다.

'이 상황을 풀어낼 열쇠는 아직 내 손에 있어.'

윤서진은 스스로 문제를 해결할 수 있다는 희망을 품고, 마지막 시도를 하기로 결심했다. 그녀의 눈빛에는 결연함이 스쳤고, 마음속에서 마지막 남은 힘을 끌어올렸다.

3장

기울어진 바벨탑

*

"팀장님, 요즘 지시가 자주 바뀌어서 팀원들이 많이 혼란스러워하고 있어요. 이제는 한 방향으로 체계적으로 나아가는 것이 필요할 것 같습니다. 혹시 가이드는 언제쯤 완료하실 계획인가요?"

윤서진은 차분하지만 단호한 눈빛으로 말문을 열었다.

이강준은 순간적으로 멈칫했다. 당황한 그는 머릿속이 하얘졌다. 사실 그는 상사들이 작성했던 디자인 가이드를 제대로 본 적도 없었으며, 무엇을 해야 할지조차 알지 못했다. 갑작스러운 질문에 그는 잠시 침묵했고, 시선이 불안하게 흔들렸다.

'어떻게 대답해야 하지?'

그는 머릿속을 빠르게 굴리며 대답할 방법을 찾으려 했지만, 뚜렷한 답이 떠오르지 않았다. 침묵이 길

어지자 윤서진은 그의 얼굴을 가만히 응시하며, 대답을 기다렸다.

이강준은 잠시 침묵한 뒤 입을 열었다.

"서진 매니저, 원래 작은 스타트업은 주먹구구식으로 일하는 거야. 네가 대기업처럼 체계적으로 하려는 건 좋은데, 여긴 그런 방식이 맞지 않아. 나는 너와 다르게 임기응변에 강해. 위기 상황에서도 대처 능력이 뛰어나니까, 걱정할 필요 없어."

이강준은 마치 자신이 모든 상황을 완벽하게 통제하고 있는 듯, 윤서진의 체계적인 접근을 깎아내며 자신의 능력을 과시했다. 그의 목소리에는 자신감이 넘쳤지만, 그 자신감 뒤에 감춰진 불안이 엿보였다. 그는 자신의 위치를 지키기 위해, 마치 상황을 다 알고 있는 것처럼 보이려 애쓰고 있었다.

경험이 부족한 이강준은 지금의 상황이 나중에 어떤 문제를 초래할지 전혀 감을 잡지 못했다. 그럼에도 그는 상황이 악화되면 그때 가서 책임을 전가하고, 수습을 요청하면 될 것이라고 생각했다. 그는 자신이 '새로운 큰 그림'을 그려야 한다고 주장하며, 직접적인 책임에서 벗어날 수 있다고 믿었다. 이 모든 상황을 임기응변으로 포장할 수 있다는 자신감이 그를 지배했으며, 그 자신감은 그의 불안한 내면을 일시적으로 감추고 있었다.

윤서진은 그의 말에 황당함을 느끼며 시선을 피하지 않고 그를 응시했다. 하지만 이강준은 개의치 않고 말을 이어갔다.

"네가 하는 얘기는 S기업에서나 통할 얘기야. 여긴 스타트업이라고. S기업처럼 체계적으로 할 수 없다는 걸 알아야지."

그의 말투는 자신감에 차 있었지만, 그 속에는 은근한 조바심이 느껴졌다. 그는 윤서진의 체계적인 방식을 폄하하며 자신의 능력을 강조하려 했지만, 그 말에는 자신의 무능함을 덮으려는 불안이 깔려 있었다.

윤서진은 침착한 목소리로 자신의 의견을 전했다.

"저는 디자인 정책 단계에서부터 체계를 잡아야 프로젝트가 더 순조롭게 진행될 수 있다고 생각해요. 이를 통해 불필요한 오류를 줄이고, 전체적인 효율도 높아질 겁니다."

이강준은 비웃듯 미소를 지으며 말을 던졌다.

"그렇게 체계적인 능력이 있으면 S기업 가지 뭐 하

러 이 작은 회사에 있어? 여기 직원들 다 실력이 없으니까 이 회사에 있는 거 아냐?"

그의 말은 가벼웠지만, 그 안에는 자신과 동료들에 대한 열등감과 윤서진에 대한 견제심이 담겨 있었다. 윤서진은 그의 말을 듣고 속으로 조용히 반문했다.

'S기업 따라 하라고 할 땐 언제고, 이제는 그게 문제라니.'

윤서진은 더 이상 이강준과의 직접적인 대화로는 문제를 해결할 수 없다는 결론에 도달했다. 그녀는 다른 부서 팀장들에게 도움을 요청하기로 결심하고, 그들이 이 혼란스러운 상황에 공감해 주길 기대했다. 윤서진은 조용히 다른 부서 팀장들과 회의를 잡고, 차분하게 현재 팀 내에서 벌어지고 있는 문제를 설명하기 시작했다.

"최근 우리 팀에서 프로젝트 진행이 잘 풀리지 않고 있습니다. 지시가 자주 변경되면서 전체적인 흐름이 흔들리고 있어요. 혹시 비슷한 문제를 겪으신 적이 있으신가요?"

윤서진의 목소리에는 진지함이 묻어났고, 그녀는 신중하게 상황을 설명하며 그들의 공감을 이끌어내고자 했다.

팀장들은 그녀의 말을 조용히 들으면서 속으로 윤서진의 말에 공감했다.

'기획서도 제대로 읽어보지 않고, 마음대로 지시를 내리다니.'

'작업하기 정말 힘들어. 중구난방이라 방향을 잡을 수가 없어.'

'디자인팀 때문에 일정도 계속 밀리고, 마케팅은 도대체 언제 시작할 수 있는 거야?'

하지만 그들은 이런 불만을 직접 말하지 않았다. 이강준이 여전히 팀장으로 있는 상황에서 이 문제에 깊이 개입하는 것을 주저했다. 이 문제에 개입했다가 자신들의 입지가 흔들릴까 두려웠기 때문이다. 그들은 자신의 자리를 지키기 위해 신중한 태도를 취하며, 섣불리 나서지 않으려 했다.

한 팀장이 조심스럽게 입을 열었다.

"팀원들은 기본적으로 팀장님의 지시를 따라야 하는 게 우선입니다."

다른 팀장들도 고개를 끄덕이며 그의 말에 동의했다. 그들 역시 자신의 위치가 언제든지 위태로울 수 있음을 잘 알고 있었다. 윤서진의 말이 옳다는 걸 알면서도, 그들은 이강준의 편을 드는 것이 더 안전하다고 생각했다.

윤서진은 그들의 태도에 실망했지만, 더 이상 논의해 봐야 소용없다는 것을 직감했다. 결국 팀장들은 이강준의 편을 들었고, 그녀는 더 이상 설득할 수 없음을 깨달았다. 윤서진은 묵묵히 고개를 숙여 인사한 뒤, 말없이 자리를 떠났다. 느린 발걸음을 옮길 때마다, 가슴속에 차오르는 무거운 실망감이 그녀를 더욱 짓눌렀다.

그날 저녁, 이강준은 상사들이 자신의 편을 들어줬다는 소식을 전해 듣고 미소를 지었다. 회사는 여전히 상사의 편을 든다는 사실에 안도했다.

'역시 회사는 상사 편이지. 내가 예전에 억울했던 것도 다 이유가 있었던 거야.'

이강준은 과거의 억울한 경험들을 떠올리며, 자신의 행동을 정당화하려 했다. 이강준은 이제 자신이 마치 회사 시스템을 꿰뚫고, 그 흐름에 맞춰 능숙하게 대처하고 있다는 착각에 빠져 있었다.

다음 날, 이강준은 차가운 눈빛으로 윤서진을 내려

다보며 그녀를 불러 세웠다.

"서진 매니저, 감히 다른 팀 팀장들에게 가서 내 얘기를 하고 다녀? 무슨 권리로 같은 팀 팀장을 헐뜯는 거야?"

그의 목소리는 분노로 떨렸고, 감정이 그대로 드러났다. 윤서진은 그의 눈을 잠시 마주쳤지만, 말문이 막혔다. 그녀의 침묵은 이강준의 분노를 더욱 자극하는 듯했다.

이강준은 한 걸음 더 다가서며, 목소리를 낮추고 위협적으로 말했다.

"이 회사는 상사 말을 잘 들어야 굴러가는 거야. 그걸 모르면, 퇴사하는 게 맞겠지."

그의 날카로운 경고는 단호한 어조 속에 숨겨진 위협과 함께 윤서진에게 다가왔다. 이강준은 상사들의 지지를 확신하며 자신감 있게 윤서진을 몰아붙였다. 윤서진이 결국 굴복할 것이라 굳게 믿으며, 그의 표정은 자신감으로 가득했으나, 그 이면에는 불안과 초조함이 엿보였다.

이강준의 지속적인 몰아붙임을 받으면서, 윤서진은 과거 부모와의 갈등이 떠올랐다. 그때도 부모에게 맞추려 할수록 상황은 더 악화되었고, 늘 자신이 상처받았다. 그때 깨달았던 것은, 순응이 결코 문제를 해결하지 못한다는 진리였다.

'그저 순응하는 것으로는 아무것도 달라지지 않아.'

그녀는 과거의 교훈을 떠올리며, 이번에도 무의미한 갈등에 자신을 소모하지 않기로 결심했다. 이강준의 공격에 맞서기보다는, 혼란 속에서 자신을 지키기 위한 유일한 방법이 고립이라는 사실을 깊이 깨달았다.

그러자 자연스럽게 팀 내 분위기도 그녀와 함께 고립되기 시작했다. 디자인팀은 점차 다른 부서와의 협력이 원활하지 않게 되었고, 사람들은 윤서진과 얽히는 것을 피하려 했다. 이강준과의 갈등으로 인해 불이익을 당할까 두려워한 그들은 자연스럽게 윤서진과 거리를 두었다. 그러나 윤서진은 그 고립이 오히려 자신을 보호하는 방패가 될 수 있다는 것을 알고 있었다. 더 이상 무의미한 대립에 에너지를 낭비하지 않고, 자신의 영역을 지키려는 그녀의 결심은 차분하면서도 단단했다.

그러나 이 상황을 근본적으로 해결하기 위해서는 결단이 필요했다. 혼자서 버티는 것만으로는 한계가 있었다. 윤서진은 결국 임원과의 면담을 결심했다. 이제 더 이상 주저할 시간이 없었다. 그녀는 차분하지만 결연한 태도로 마음을 다잡으며, 이 상황을 해결하기 위한 단호한 의지를 다졌다. 더 이상 혼란 속에서 침묵할 수 없다는 생각이 들었고, 윤서진은 자신의 목소리를 내기 위해 면담의 자리를 요청했다.

다음 날, 윤서진은 임원 사무실 앞에서 깊게 숨을 내쉬며 마음을 다잡았다. 팀 내 혼란을 해결하기 위한 결단이었고, 용기가 필요한 순간이었다. 조심스럽게 문을 두드린 뒤, 윤서진은 조용히 임원과 마주 앉았다.

이 임원은 일에 대한 열정이 강했으며, 가족보다 일을 우선시하며 매일 야근을 불사하는 야망 있는 인물이었다. 깔끔한 단발 헤어스타일에 화려한 화장과 빛나는 귀걸이, 그리고 높은 하이힐을 착용한 그녀의 모습은 강렬한 인상을 남겼다. 그녀가 사무실을 걸을 때마다 하이힐이 만들어내는 또각또각 소리는 멀리서도 들려왔고, 그 소리만으로도 사무실 공기는 단번에 무거워졌다. 직원들은 그녀의 존재감에 본능적으로 긴장했고, 그녀가 지나갈 때면 숨을 죽이고 시선을 피했다.

그 강렬한 아우라를 지닌 임원은 윤서진의 이야기를 차분하게 들을 준비가 되어 있었다.

"이사님, 이강준 팀장님의 지시가 자주 바뀌고 있습니다. 그로 인해 업무 효율이 크게 떨어지고, 팀 내 혼란도 가중되고 있습니다."

윤서진의 목소리는 차분하면서도 그 안에는 흔들림 없는 단호함이 담겨 있었다. 그녀는 자신의 감정을 배제한 채, 문제의 핵심을 명확하게 짚어내며 상황을 설명했다. 사실에 기반한 그녀의 설명은 이강준의 문제를 분명하게 부각시키려는 의도였다.

임원은 잠시 생각에 잠긴 듯, 손가락을 책상 위에서 가볍게 두드렸다. 고개를 살짝 끄덕이며 그녀는 결단이 서듯 윤서진을 바라보았다.

"알겠어, 윤서진 매니저. 이 문제는 신중하게 생각해 볼게."

그 말은 짧았지만, 무게감 있는 목소리에 담긴 권위는 더욱 묵직하게 느껴졌다. 윤서진은 그 말을 듣고 약간 안도하며, 숨을 가다듬었다. 비록 구체적인 해결책이 제시되지 않았지만, 자신의 문제 제기가 분명히 전달되었음을 직감했다. 임원이 이 상황의 심각성을 이해했으니, 이제 변화의 필요성도 자연스럽게 따라올 것이라고 생각했다.

윤서진은 내일이 다가오는 것이 두려웠다. 이강준이 이 사실을 알게 되면 어떻게 반응할까? 임원에게 문제를 보고한 뒤에 닥칠 후폭풍이 두렵지 않다면 거짓말일 것이다. 그의 차가운 시선과 날 선 말들이 머릿속에서 떠올랐고, 마치 어두운 구름이 서서히 그녀를 덮어오는 듯했다. 그가 어떤 식으로 나올지 예측하면서도, 그 결과를 알 수 없다는 불확실함이 가슴을 답답하게 만들었다.

'아마도 이강준은 내 보고를 알게 되면 회의에서 나를 공개적으로 공격할지도 몰라. 아님 더 교묘하게 나를 궁지로 몰겠지.'

그날 저녁, 윤서진은 책상 위에 놓인 업무 자료들을 차분히 정리하며 마음속에서 점점 커지는 불안을 억누르려 애썼다. 그녀는 분명 이강준이 반격을 준비하고 있을 것이라는 사실을 직감했다. 이제 그녀는 그에 맞서 더 강하게 나서야 한다는 것을 알고 있었다. 그가 어떤 방식으로 나올지 전혀 예측할 수 없는 것이 그녀를 더욱 불안하게 만들었다.

'더 이상 물러설 곳은 없다.'

윤서진은 스스로에게 단호히 말했다. 이강준의 위협에도 흔들리지 않겠다고, 끝까지 자신이 옳다는 것을 증명하겠다는 강한 의지가 그녀를 버티게 했다.

4장

구원자 실격

*

이강준은 평소보다 더 신경을 쓰며 정장을 차려입었다. 오늘은 대표와의 중요한 저녁 식사 약속이 있는 날이었다. 그는 거울 앞에 서서 천천히 넥타이를 고쳐 매며 잠시 생각에 잠겼다. 넥타이 매듭이 약간 헐렁한 것 같아 다시 한번 조여 보았다. 오늘이야말로 대표에게 좋은 인상을 남겨야 한다는 생각에, 다양한 시나리오를 머릿속에서 그려보았다.

'대표님께 이 상황을 어떻게 설명하지?'

그는 여러 가지 가능성을 떠올리며 긴장감을 억누르려 애썼다. 윤서진에 대한 이야기를 언제 꺼낼지, 자신이 얼마나 겸손하면서도 팀을 잘 이끌 수 있는 리더인지 어필할지 치밀하게 계산하고 있었다. 손끝에서 땀이 배어 나왔지만, 이강준은 그 긴장을 표정에 드러내지 않으려 애쓰며 거울 속 자신의 모습을 한

번 더 점검했다.

식사 자리가 무르익어갈 무렵, 이강준은 적절한 타이밍을 노리며 조심스럽게 입을 열었다. 목소리는 침착하려고 했지만, 그 속에는 은근한 긴장감이 스며 있었다.

"대표님, 요즘 팀에서 조금 어려운 상황에 처해 있습니다. 특히 윤서진 매니저가…. 문제를 일으키고 있어서요."

이강준의 목소리에는 조심스러움과 동시에 불안감이 섞여 있었다. 그는 단어를 신중히 골라가며 말을 이어나갔다.

대표는 이강준의 말을 듣고 고개를 살짝 들어 그를 바라보았다. 그녀는 항상 외모 관리를 철저히 하는 50대의 미혼 여성으로, 날씬한 체형과 깔끔한 단발 헤어스타일을 유지하고 있었다. 세련된 옷차림과 단정한 모습은 회사 내에서 모범적인 이미지로 자리 잡았고, 직원들은 그녀의 외모와 스타일을 부러워하곤 했다. 하지만 그녀가 남자 직원들의 '배 나온 모습'을 불쾌해하며 '더부룩하다'라고 불평한 일화는 회사 내에서 유명했다. 이 때문에 외모 관리에 신경을 쓰는 사람들만 고용한다는 소문이 있었고, 이강준은 그중 한 명이 자신이라고 생각했다.

40대임에도 불구하고 그는 여전히 날씬한 체형을 유지하며, 배도 나오지 않은 채 평균 키에 웨이브가 들어간 가운데 가르마 스타일로 자신을 꾸몄다. 이강준은 자신의 외모가 팀장으로 발탁되는 데 유리하게 작용했다고 믿었고, 그것을 내심 자부심으로 삼고 있었다.

그의 시선은 대표의 얼굴에 머물렀고, 그녀의 반응을 예의주시하며 자신의 말이 어떻게 받아들여질지 신경 썼다.

"윤서진 매니저가?"

대표는 살짝 미간을 찌푸리며 의아한 표정을 지었다.

"구체적으로 어떤 문제가 있지?"

이강준은 약간의 긴장감을 감추며 조심스럽게 한숨을 내쉬고 대답했다.

"아무래도…. 서진 매니저가 자기 세계에 너무 깊이 빠져 있는 것 같습니다. 취미로 그림을 그린다던데, 예술에 푹 빠져있는 상태라 그런지 지시를 내려도 잘 받아들이지 못하고, 감정적으로 대응하는 경우가 많아요. 프로젝트 진행 방식도 너무 고집이 강해서 팀워크에 어려움을 겪고 있습니다."

대표의 표정이 굳어지면서 분위기 역시 무거워졌다.

"그래? 그거 심각하네. 그래서 어떻게 해결할 생각이야?"

그녀의 목소리에는 단호함이 담겨 있었고, 문제 해결을 촉구하는 듯한 압박감이 느껴졌다.

이 순간이야말로 이강준이 철저히 준비해 온 때였다. 그는 대표에게 겸손한 미소를 지으며 말을 이어갔다.

"사실 저도 실수가 많습니다. 저 역시 부족한 부분이 있다는 걸 잘 알고 있어요."

그는 일부러 깊은 한숨을 내쉬며, 더욱 겸손한 태도를 보이려 애썼다.

"제가 팀장으로서 완벽하지 못하다는 건 인정합니다. 특히 디테일한 부분에서 종종 실수를 저지르곤 하죠."

잠시 말을 멈춘 이강준은 자신의 부족함을 인정하는 듯 보였지만, 이어지는 그의 말은 자신을 높이는 데 더 초점이 맞춰져 있었다.

"그런데 저는 큰 그림을 그리는 사람입니다. 그런 세부적인 것들보다 더 중요한 건 전체적인 방향을 잡는 능력이죠."

이강준은 조심스럽게 자신을 변호하며, 자신의 강점을 부각하기 시작했다.

"저는 팀의 큰 방향을 설정하는 데 강점이 있다고 생각합니다. 물론 디테일한 부분에서는 부족함이 있을 수 있지만, 전체적인 방향을 설정하는 데는 저만한 사람이 없습니다."

그는 잠시 말을 멈추며 대표의 반응을 살피다가, 다시 한번 자신감을 드러내며 덧붙였다.

"그래서 앞으로는 세부 사항은 팀원들에게 맡겨 더 철저히 관리하도록 할 계획입니다. 저는 팀이 나아가야 할 큰 방향을 설정하는 데 집중할 생각입니다."

대표는 잠시 그를 응시했다. 평소 외모와 이미지를 중시하는 그녀는 이강준의 깔끔하고 정돈된 모습을 긍정적으로 평가하고 있었다. 이강준이 겸손하게 자신의 약점을 인정하고, 세부 사항은 팀원들과 협력하여 처리하겠다는 말은 그녀에게 신뢰를 주는 듯했다.

"그래? 그럼 한 번 더 기회를 줘볼게. 큰 그림을 잘 그리는 게 중요하니까, 세세한 부분은 팀원들과 협조해서 잘 처리해 봐."

이강준은 속으로 안도의 한숨을 쉬며 미소를 지었다.

'성공이야.'

그는 겸손한 척하면서도 자신이 팀의 핵심 인물이라는 인상을 대표에게 각인시켰고, 대표는 그의 말을 신중하게 받아들였다.

"네, 감사합니다, 대표님. 더 노력하겠습니다."

이강준은 겉으로는 감사의 인사를 전하면서도 속으로 자신이 이 상황을 얼마나 능숙하게 처리했는지에 대해 뿌듯함을 느꼈다. 그는 대표와의 식사를 마치며, 자신이 다시 한번 신뢰를 얻었다는 만족감에 가득 차 있었다.

다음 날 아침, 윤서진은 책상 앞에 앉아 조용히 하루를 시작하고 있었다. 이강준은 차분한 발걸음으로 다가와 그녀 앞에 멈춰 섰다. 심각한 표정이 그의 얼굴에 드리워져 있었고, 그는 마치 중요한 말을 전할 준비가 된 듯, 한동안 침묵을 지켰다. 윤서진이 고개를 들자, 이강준은 잠시 머뭇거리더니 천천히 입을 열었다. 그의 목소리에는 무거운 기운이 배어 있었다.

"서진 매니저, 어제 대표님과 저녁을 했어."

윤서진은 잠시 놀란 듯 그를 바라보았지만, 말없이

그의 다음 말을 기다렸다.

“대표님이 너를 내보내겠다고 하시더라고. 이번 프로젝트에서 문제가 많았다고 하셨어. 하지만 내가 말렸어. 내가 널 지켜준 거야.”

이강준은 한숨을 내쉬며 윤서진을 바라봤다. 그의 말투는 큰 은혜를 베푼 듯했지만, 그 속에는 묘한 우월감이 깔려 있었다.

“솔직히 대표님은 네가 감정적으로 대응하고, 팀원들과 소통에 문제가 있다고 하시더라고. 그래도 내가 이번 한 번만 봐주자고 했지.”

그의 말은 마치 자신을 구원자로 포장하려는 듯했다. 윤서진은 그가 사실을 왜곡하고 있음을 직감했지만, 차분히 그의 말을 듣고 있었다.

‘내가 이사님과 면담할 때는 그런 분위기가 아니었는데….’

윤서진은 아마 임원이 상황을 제대로 전달하지 못했거나, 이강준이 거짓말을 하고 있을 거라고 생각했다. 하지만 굳이 반박할 필요는 없었다. 윤서진은 이제 더 이상 이강준의 거짓말에 흔들리지 않겠다고 결심했기 때문이다.

이강준은 윤서진의 침묵을 자신이 성공했다는 신호로 여기며, 속으로 미소 지었다.

'역시, 나는 큰 그림을 잘 그려. 윤서진을 구해준 것도 나야.'

그는 스스로에게 더욱 확신을 가지며 자리로 돌아갔다. 그러나 윤서진의 침묵은 그의 착각과는 전혀 다른 의미였다. 그녀는 이강준의 거짓말을 이미 간파했지만, 그와 논쟁할 가치를 느끼지 못하고 있었다.

윤서진이 다시 책상 위의 서류에 집중하려는 순간, 이강준의 말이 머릿속을 떠나지 않았다.

"내가 널 이번 한 번만 봐주자고 했지."

그 말속에 감춰진 허영심은 뚜렷했다. 그는 위기를 기회로 삼아 자신을 윤서진의 구원자로 내세우려 했고, 그 권위를 유지하려 했다.

잠시 눈을 감은 윤서진은 이강준이 왜 자신을 구원자처럼 보이려 애쓰는지 곰곰이 생각했다. 그는 스스로도 위태로운 상황에 있다는 것을 알면서도, 이 '구원자' 역할만이 자신의 자리를 지킬 수 있는 유일한 길이라고 믿고 있는 것 같았다. 왜 그는 그렇게 자신을 구원자처럼 만들려고 할까? 아마도 스스로의 무능함을 감추고, 상대방에게 자신을 의지하게 만들어 자신의 존재 가치를 유지하려는 것이 아니었을까?

윤서진이 그 생각을 곱씹을수록, 이강준의 말과 행동에 진실이 없다는 사실이 더욱 분명해졌다. 그가 자신을 구원자로 내세우는 모습 뒤에는 실체가 없었다. 그의 말과 행동은 마치 공허하게 울리는 빈 그릇처럼, 그럴듯한 겉모습만 있을 뿐 내실은 전혀 없었다. 이강준은 자신의 한계를 감당할 능력이 없었고, 다른 사람을 지배하려는 시도로 자신을 구원자로 포장하는 것뿐이었다.

윤서진은 이강준을 향한 연민과 경멸이 교차하는 감정을 느끼며 천천히 눈을 떴다. 더 이상 그와의 대화에서 어떤 의미도 찾을 수 없었다. 그는 오로지 자신을 포장하는 데만 급급했고, 그 포장 속을 들여다보면 그저 허상만이 가득했다. 윤서진은 그 허상 뒤에 숨어 있는 이강준의 외로운 모습을 잠시 엿봤지만, 이제는 그를 도울 마음조차 사라졌다. 이강준은 스스로의 가면을 쓴 채 천천히 무너져가고 있었고, 윤서진은 그를 구할 수 없다는 사실을 확신했다.

5장

가려진 길목

*

이강준은 어릴 적부터 만화를 그리는 것을 유일한 즐거움으로 삼았다. 스케치북에 캐릭터를 그리며, 마치 자신만의 세상을 창조하는 기분을 느꼈다. 그 순간만큼은 세상에서 가장 자유로운 사람이었다. 그의 방에는 그의 손길을 거친 수많은 스케치들이 쌓여갔고, 이강준은 그 안에서 자신만의 세계를 만들며 꿈을 키웠다. 그러나 그의 열정은 부모의 강압적인 태도에 점점 꺾여갔다.

"쓸데없이 만화 그리지 말고 공부나 해!"

아버지가 문을 벌컥 열며 고함을 질렀다. 그의 목소리에는 무지와 무관심이 고스란히 담겨 있었다. 이강준은 깜짝 놀라던 손을 멈추고, 그리던 종이를 황급히 교과서 사이에 끼워 넣었다. 마치 원래부터 공부를 하고 있던 것처럼 꾸미며. 그 순간, 자신이 애써 하던 모든 것이 단번에 부정당한 듯한 절망감이 밀려왔다. 부모는 만화를 하찮게 여기고 공부만을 강요했다. 그 기대를 채우지 못한 이강준은 스스로가 한없이 작아지는 기분을 느꼈다.

시간이 흐르면서 이강준의 마음속에 부모에 대한 원망은 점점 깊어졌다. 학창 시절 내내 부모는 이강준이 만화를 그리고 싶어 하는 마음을 전혀 이해하지 못했다. 그들은 만화의 세계에 대해 아는 바가 없었고, 그저 자식이 공부해서 자신들의 노후를 책임지길 바랐다. 그런 기대 속에서 이강준은 공부에 흥미를 잃어갔다. 어릴 적부터 다양한 만화를 접할 기회가 없었던 탓에 그의 그림은 제한적이었고, 상상력도 풍부하지 않았다. 기본기가 부족했지만, 이강준은 여전히 자신이 특별한 재능을 가졌다고 믿었다. 그는 자신의 부족함을 인식하지 못한 채 만화가로서 성공할 것이라 굳게 믿었다.

그러나 현실은 달랐다. 이강준은 학창 시절 내내 부모를 원망하며 겉으로는 공부하는 척했지만, 만화를 깊이 연구하거나 노력하지 않았다. 만화가로 성공한 자신을 상상하는 데만 몰두했을 뿐, 실제로는 공부도,

만화도, 내면도 탄탄하게 쌓지 못한 채 시간을 흘려보냈다.

이강준은 애니메이션과에 진학하고 싶었지만, 부모에게 이를 논의하기가 두려웠다. 결국 그는 부모 몰래 애니메이션과에 원서를 넣고, 직접 학자금 대출을 받아 대학에 입학했다. 부모의 반대를 무릅쓰고 자신의 꿈을 좇기로 결심했지만, 성인이 된 이후에도 그는 여전히 부모에게 받은 상처를 마음속에 품고 있었다. 부모가 자신의 꿈을 이해하지 못했고, 경제적으로도 전혀 도움을 주지 않았다는 사실이 그를 억울하게 만들었다.

마음속에 부모에 대한 원망으로 가득 찬 이강준은 주변 사람들에게 끊임없이 하소연했다.

"어릴 적부터 부모님이 내가 만화 그리는 걸 방해하셨어. 만화는 쓸데없는 짓이라고 하시더라고."

처음에는 그의 이야기를 들어주던 사람들도 시간이 지나면서 피로감을 느끼기 시작했다. 이강준은 그들이 자신을 이해하지 못한다고 생각하며 점점 더 큰 억울함과 원망에 빠져들었다. 결국 사람들은 그를 멀리하기 시작했다.

그러던 중, 하소연을 더 이상 참지 못한 한 친구가 말했다.

"부모 욕 좀 그만해. 어떻게 다 큰 성인이 키워주신 부모님을 그렇게 말할 수 있냐?"

이강준은 큰 충격에 휩싸였다.

이강준은 자신의 고통을 아무에게도 이해받지 못한다는 절망감에 빠졌다. 주변 사람들의 말이 마치 부모의 비판처럼 들리기 시작했고, 부모 말씀을 어기고 만화를 그린다고 손가락질하며 비웃는 것처럼 느껴졌다. 그는 점점 더 깊은 고립감과 억울함에 사로잡혔다.

대학교에서 만난 동기들은 창의적인 아이디어로 가득 차 있었고, 각자 자신의 꿈을 향해 열정적으로 나아가고 있었다. 하지만 이강준은 부모뿐만 아니라 모든 사람에게서 '만화나 그리는 하찮은 사람'이라는 시선을 받는 것 같아 점점 더 깊은 자괴감에 빠졌다. 그는 이제 더 이상 부모를 탓한다는 소리를 듣지 않는, 어른스러운 사람이 되고 싶었다.

그의 대학 동기들은 자신이 구상한 스토리와 캐릭터들을 자랑스럽게 발표했다. 모두가 각자의 목표를 향해 나아가는 모습이었고, 작품에 대한 열정이 넘쳤다. 반면, 이강준은 단순히 얼굴을 예쁘게 그리는 것만으로 스스로를 잘 그린다고 자부하던 과거가 부끄러워졌다. 그가 그린 캐릭터들은 외형적으로는 매력적일지 몰라도, 그들에게 이야기를 불어넣을 능력은 없었다. 그의 만화 속 캐릭터들은 겉모습만 존재할 뿐, 진정으로 살아 숨 쉬지 못했다. 이 사실은 이강준에게 큰 좌절감을 안겨주었고, 그는 자신이 그토록 자부했던 재능이 실제로는 부족하다는 것을 뼈저리게 깨달았다.

동기들이 새로운 만화 프로젝트를 발표할 때, 이강준은 그들의 열정을 비꼬듯 말했다.

"결국 이런 거 다 쓸데없는 짓 아니야? 어차피 상위 0.1%만 성공하고, 나머지는 다 포기하게 되는 게 현실이잖아. 굶어 죽지 않으려면 현실적인 선택을 해야지."

그는 어른스러운 표정과 말투로 과시하듯 말했다. 그의 말에 동기들은 당황했지만, 이강준은 속으로 '만화는 돈이 안 되고, 그렇게 아등바등해 봤자 결국 다들 취업해서 살게 되는 거야. 이게 현실이지.'라고 생각하며, 자신이 훨씬 더 성숙하고 현실적이며 똑똑하다고 자부했다.

사실 그는 동기들의 창의력과 열정을 부러워하면서도, 자신이 그들과 어울리지 못하는 현실을 불편하게 여겼다. 그 불편함을 감추기 위해, 그는 동기들을 깎아내리려 했다. 대학 생활을 통해 부모의 간섭에서 벗어났지만, 시간이 지날수록 만화가의 길을 걷는 것이 점점 더 버거워졌다. 사람들의 시선이 점점 더 자신을 비웃는 것처럼 느껴졌고, 그는 점차 만화가로서의 자신을 숨기기 시작했다. 그렇게 꿈꾸던 길에서 멀어지면서, 결국 '부모의 말이 맞을지도 모른다'라는 생각이 그의 마음속에 깊이 자리 잡았다.

'예술은 결국 쓸모없는 환상일 뿐이야. 현실에서는 아무런 도움이 안 돼.'

이강준은 그렇게 스스로를 설득하며 만화가의 꿈을 쉽게 접었다. 디자인 툴을 다룰 줄 알았던 이강준은, 당장 할 수 있는 일이라 생각한 디자인 쪽으로 방향을 틀었고, 결국 디자이너로 취업했다.

디자이너로서의 현실은 이강준이 꿈꾸던 예술과는 전혀 달랐다. 처음에는 자유롭게 그림을 그리며 어느 정도 창작의 자유를 누릴 수 있을 것이라 기대했지만, 현실은 그의 상상과는 거리가 멀었다. 회사에서 요구하는 디자인은 창의적이라기보다는 철저히 실용성에 초점이 맞춰져 있었고, 그는 상사의 지시에 따라 반복적인 수정 작업만 맡았다.

"신입은 원래 자기 디자인을 하는 게 아니에요. 기본기를 익히는 게 먼저죠."

상사들은 늘 이렇게 말했고, 이강준은 자신만의 디자인을 할 기회를 얻지 못하면서 불만이 점점 쌓였다. 그는 창의적인 작업을 해보고 싶었고, 결국 상사들에게 불만을 드러내기 시작했다.

상사들은 이강준의 디자인 감각을 높이 평가했기에 처음에는 진심으로 조언을 해주었다.

"여기 오타가 났으니 다시 확인해 봐.", "작업한 게 날아가지 않게 저장 습관을 길러야 해.", "파일명을 이렇게 쓰면 나중에 어떻게 찾으려고 해?"와 같은 기본적인 조언에서부터, "이 디자인 요소를 넣은 이유를 설명해 봐."라며 디자인에 대한 논리적 접근을 지도했다. 상사들은 그가 더 나은 디자이너로 성장하길 바랐지만, 이강준에게는 그들이 오히려 자신의 창의성을 억누르는 장애물로 보였다. 그는 상사들이 자신의 독창성을 제한한다고 느꼈고, 그로 인해 잦은 퇴사와 이직을 반복하며 점점 더 큰 좌절감에 빠져들었다.

이강준은 회사에서 맡은 디자인을 자신의 작품처럼 여기며, 그 성과를 과시하고 싶어 했다. 결국 그는 점점 더 작은 회사로 이직하게 되었다. 그러나 작은 회사에서도 문제는 여전했다.

"이렇게 제멋대로 디자인하면 유지 보수를 어떻게 하죠?"

"이 페이지 디자인이 다른 페이지와 너무 달라서 서비스 전체의 일관성이 부족합니다."

이강준은 디자인 감각은 뛰어났지만, 체계적인 업무 방식에는 관심이 없어 실력이 제자리걸음이었고, 직원들의 불만은 점점 커져만 갔다.

이강준은 끊임없이 혼나고, 인정받지 못한다는 좌절감에 짓눌려 점점 더 우울해졌다. 매일 불만을 안고 살아가던 어느 날, 그를 안타깝게 지켜보던 직장 동료가 조언했다.

"근로복지공단에서 무료 심리 상담을 받을 수 있어. 네 얘기를 들어줄 사람이라도 있는 게 좋지 않겠어?"

이강준은 상담사가 자신의 문제를 해결해 줄 것이라 믿고 즉시 상담을 신청했다.

퇴근 후, 이강준은 한 카페에서 심리 상담사를 만났다. 처음에는 어색한 침묵이 이어졌지만, 곧 기다렸다는 듯 부모 이야기를 꺼내며 분노를 쏟아냈다.

"부모님이 제 인생을 망쳤어요. 만화를 그릴 수 없게 만들었죠. 그분들만 아니었으면, 저는 이미 만화가로 성공했을 거예요."

이강준은 억울함을 상담사에게 털어놓기 시작했다. 처음에는 상담사가 조용히 그의 이야기를 들어주었지만, 시간이 지나면서 그의 말이 같은 주제를 반복하고 있다는 것을 느꼈다. 상담사는 깊이 있는 질문을 던졌다.

"이강준 님, 부모님이 그랬다는 건 이해합니다. 하지만 그 이후로 본인이 만화에 대해 얼마나 노력하셨나요? 그 상처에서 벗어나기 위해 어떤 노력을 해보셨나요?"

이 질문에 이강준은 잠시 당황했지만, 곧 화를 내며 말했다.

"부모님이 만화는 하찮다고 계속 말씀하시는데, 제가 뭘 할 수 있었겠어요? 제 잘못이 아니에요."

그는 책임을 회피하려는 듯 부모를 탓하며 목소리

를 높였다. 그러나 상담사는 차분하게 그의 이야기를 들으며, 그의 내면을 더 깊이 파고들려 했다.

"과거를 탓하는 건 이해합니다. 하지만 그 상처가 앞으로의 삶을 계속 지배하도록 내버려두면, 결국 그 상처에 갇혀버릴 겁니다."

상담사의 말에 이강준은 불편함을 느꼈다. 상담이 진행될수록 자신의 잘못을 지적받고 있다는 생각이 점점 더 강해졌다.

"말은 쉽죠. 하지만 제가 하고 싶은 걸 하면, 사람들은 항상 저를 손가락질해요. 왜 저만…. 하기 싫은 것만 하면서 살아야 하나요?"

이강준은 계속 자신을 방어하며 한 달 내내 억울함만을 토로했다. 그는 여전히 자신을 피해자로 여기며 그 생각에 빠져 있었다.

상담 마지막 날, 상담사는 조심스럽지만, 단호하게 말했다.

"이강준 님, 그동안 당신의 내면을 깊숙이 들여다보려고 여러 번 시도했지만, 계속 무언가에 가로막혀 있어 아무것도 볼 수 없었습니다. 부모님도 많은 고생을 하시며 사신 것 같던데, 이제는 부모님을 이해하면서

사시기 바랍니다."

이강준은 상담사의 냉정한 말에 큰 충격을 받았다. 부모를 이해하며 살라는 말이 그동안 자신이 겪은 고통을 부정하는 것처럼 들렸다. 상담사가 눈물을 흘리는 모습은 그의 눈에 들어오지 않았다.

'그럼 내가 이렇게 고통받은 건 도대체 무슨 의미지?'

그는 그날 이후 매일같이 같은 질문을 떠올렸다.

'나는 예술을 하면 안 되는 운명으로 태어난 걸까? 운명을 거스르려고 하다 벌을 받고 있는 걸까?'

스스로를 그렇게 세뇌하며, 그는 현실적이고 어른스러운 사람인 척하기 시작했다.

"예술? 그건 쓸모없는 일이야. 현실에서는 돈을 벌어야지."

그러나 마음속 깊은 곳에서는 여전히 억울함이 남아 있었다. 다른 사람들이 예술로 성공하는 모습을 볼 때마다, 자신이 이루지 못한 것을 그들이 해냈다는 사실에 질투와 분노가 솟구쳤다.

'저 사람들은 예술을 해도 되는 운명으로 태어났겠지.'

그는 자신과 다른 운명을 가진 그들을 일부러 손가락질하며 비웃었다. 하지만 그 비웃음 속에는 이루지 못한 것들에 대한 질투와 씁쓸함이 가득 담겨 있었다.

시간이 지날수록, 그는 자신을 점점 더 현실적인 사람으로 포장했다. 그러나 그의 내면에 남아 있던 상처는 전혀 치유되지 않았다. 그 상처는 다른 사람들과의 갈등을 일으켰고, 그는 타인을 깎아내며 자신을 방어했다.

그는 겉으로는 예술을 하찮게 여기며 실용적인 면만을 강조했지만, 실제로는 자신의 디자인을 예술 작품처럼 여겼다. 기능적인 측면을 연구하려 하지 않았고, 이를 제대로 이해하지도 않았다. 그 결과, 실용성을 고려하지 않은 그의 디자인은 계속해서 문제를 일으켰다. 상사들은 그의 업무 방식에 불만을 품기 시작했고, 그는 늘 억울하다는 생각으로 퇴사를 결심했다. 이강준은 늘 현실에 적응하지 못한 채 고립감을 느꼈고, 자신이 피해자라는 생각에 사로잡혀 살았다. 그는 자신의 상처를 타인에게 전가하며, 그들을 짓밟는 방식으로 표출했다.

이강준은 끝내 자신의 부족함을 인정하지 못했다. 그 결과, 그는 점점 더 작은 회사들로 이직하며, 자신의 꿈에서 점점 멀어졌다. 그가 한때 성공을 꿈꾸던 만화가의 길은 이제 더 이상 그가 꿈꾸던 길이 아니었고, 현실적인 직장에서 스스로를 억누르며 살아가고 있었다. 직장에서 그는 계속해서 사람들과 갈등을 빚었고, '내가 디자이너이기 때문에 이렇게 무시당하고 사는 거야'라고 생각했다. 디자인이 만화처럼 예체능 분야에 속한다는 이유로, 그는 또다시 자신이 평가절하되고 있다고 느꼈다. 결국, 이강준은 디자이너로서의 역할이 아닌, 관리직에 올라서 사람들에게 인정받고 과시하고 싶어 했지만, 작은 회사조차 대리 직급에서 벗어나지 못하며 더 큰 좌절을 겪었다.

그의 상처는 결국 부모로부터 시작되었지만, 그는 그 상처 때문에 또 다른 실패의 길로 접어들고 말았다.

6장

고기 방패

*

이강준은 자신의 일에 대한 혼란과 무능함 속에서 점점 더 깊이 빠져들었다. 구축 경험이 전무했고, UI에 대한 이해도도 부족했지만, 그는 팀장으로서 모든 것을 완벽히 알고 있는 것처럼 행동해야만 했다. 무능함이 드러날까 두려워, 그는 윤서진을 의도적으로 혼란에 빠뜨리는 데 집중했다.

'내가 팀장이니까, 더 뛰어나 보이는 사람이 되어야 해.'

이강준은 자신이 팀장으로서 윤서진보다 우월해 보이기 위해, 그녀를 무능하게 만들고, 책임을 떠넘기려는 계획을 세웠다. 이를 위해 그는 의도적으로 체계를 뒤엎고, 변덕스러운 지시를 남발했다. 그의 계획은 그녀를 혼란에 빠뜨리고, 결국 자신에게 의지하게 만들어 자신의 자리를 지키는 것이었다.

그의 이러한 행동은 자신의 약점을 감추려는 시도

로, 불안과 자기방어 심리가 깔려 있었다.

처음에는 윤서진만 혼란에 빠진 듯 보였지만, 시간이 지나면서 이강준의 무리한 지시는 점차 다른 부서에도 악영향을 미치기 시작했다. 디자인팀의 작업은 꼬여만 갔고, 그로 인해 다른 부서에서도 연이어 문제가 발생했다.

"이강준 팀장님, 왜 기획서와 디자인이 이렇게까지 다릅니까?"

"이거 다시 수정해야 하나요?"

"도대체 디자인 가이드는 언제 나오는 건가요?"

"대체 무슨 기준으로 작업하시는 겁니까?"

부서 곳곳에서 불만이 터져 나왔고, 그 목소리는 날이 갈수록 커져만 갔다. 이강준이 해결해야 할 문제들은 눈덩이처럼 불어나기 시작했고, 그는 커져가는 불안감과 압박을 외면하려 했다. 그러나 사무실의 공기는 점점 더 무거워졌고, 갈등의 냉기는 곳곳에 퍼져 팀 분위기는 언제든 폭발할 것만 같았다.

결국 사람들은 하나둘씩 임원을 찾아가 문제를 호소하기 시작했다.

"이강준 팀장님 지시가 또 바뀌었어요. 이번 프로젝

트는 도대체 어떻게 해야 하나요?"

"계속 이렇게 혼란스러우면, 결국 프로젝트가 제대로 진행되지 않을 겁니다."

사람들이 임원에게 불만을 털어놓을 때마다, 이강준도 곧바로 찾아가 하소연했다.

"이사님, 아무도 저를 이해하지 못하고 있습니다. 저는 최선을 다하고 있는데, 왜 저만 이렇게 힘든 걸까요?"

하지만 임원은 그저 무심한 미소를 지으며 상황을 지켜볼 뿐이었다. 이강준이 불만을 반복해서 토로해도, 임원은 특별한 조언이나 피드백을 주지 않았다. 임원은 그저 모든 상황이 어떻게 전개되는지 흥미롭게 바라보고 있을 뿐이었다. 그녀는 문득 윤서진이 자신에게 전혀 찾아오지 않는 점이 신경 쓰이기 시작했다.

'왜 서진이는 아무 말도 안 하지? 이 정도 상황이면 나에게 한 번쯤 하소연을 할 법도 한데….'

임원은 자신의 힘을 인정받고 싶어 했고, 직원들이 자신에게 찾아와 도움을 구하는 것을 내심 즐겼다. 하지만 윤서진은 그날 이후 단 한 번도 찾아오지 않았다. 이로 인해 윤서진에 대한 불만이 점점 쌓였다.

‘대체 왜 나를 찾지 않는 거지?’

그녀는 속으로 답답함을 느끼며 생각했다. 그러면서도 윤서진이 끝까지 버틸 수 있을지 궁금해졌다.

‘누가 더 강한지 지켜볼 시간이군. 이런 상황에서 누가 끝까지 살아남을지 궁금하네.’

임원은 지친 것이 아니라, 의도적으로 갈등을 방관하고 있었다. 과거에 자신도 경쟁 속에서 남을 짓밟으며 이 자리에 올랐듯이, 이제 남들이 싸우는 모습을 보며 누가 살아남을지를 관찰하고 있었다. 그녀의 눈은 누구에게 힘을 실어줄지 예리하게 분석하고 있었고, 결국 그 인물을 자신의 야망을 이루기 위한 도구로 삼을 생각이었다. 사무실은 불만과 혼란으로 가득했지만, 임원은 ‘싸우지 마’라는 말만 남기고 방관했다. 그녀는 아무런 개입도 하지 않은 채, 갈등이 절정으로 치닫기를 기다리고 있었다.

이강준은 임원의 말을 들으며 마치 위로를 받은 듯 고개를 끄덕였다.

‘이대로 임원이 계속 방관하면, 내 팀장 자리는 안전하겠지.’

그러나 속으로는 불안이 커져갔다. 문제는 점점 더

심각해졌고, 임원은 그저 방관자처럼 모든 상황을 흘려보내기만 했다. 이강준은 문제를 해결할 방법을 찾지 못한 채, 갈수록 깊은 혼란 속으로 빠져들었다.

사방에서 쏟아지는 비난을 피하고자 이강준은 고민 끝에 꾀를 하나 생각해냈다. 그는 책상 위에 딸의 사진을 놓기 시작했다. 초등학생인 딸은 이강준과 매우 닮았으며, 두 사람 사이에는 비슷한 분위기가 흐르고 있었다. 이강준은 사진 속 딸의 초승달 같은 눈웃음과 환하게 웃고 있는 반달 모양의 입을 바라보며, 그 사진을 자신의 방패로 이용하려 했다. 딸의 순수하고 해맑은 모습이 마치 자신을 둘러싼 거친 비난의 벽을 부드럽게 잠재워줄 것이라 생각했던 것이다.

'그래, 내가 딸이 있다는 걸 알면 사람들도 나를 좀 이해해 주겠지. 나도 힘든 가장이니까, 조금은 봐줄 거야.'

이강준은 스스로를 설득하며 딸의 사진을 여기저기 배치했다. 그의 책상은 어느새 딸의 사진들로 가득 차기 시작했다. 모니터에는 딸의 사진이 세 장 붙어 있었고, 책상 한편에는 딸이 환하게 웃는 모습이 담긴 액자가 자리 잡았다. 딸의 사진들은 마치 이강준을 둘러싼 방어벽처럼 그의 공간을 점령했다. 이강준은 딸의 순수한 웃음이 자신을 방어해 줄 수 있는 힘이 될 것이라고 믿었다. 그 사진들은 자신을 향한 비난을 막아내 줄 마지막 방패이자, 그가 사람들의 이해를 얻기 위한 도구로 자리 잡았다.

이강준에게 딸은 단순한 보호막 이상의 의미를 지녔다. 사실 그는 평소 딸에게 무심한 아버지였다. 딸의 일상에 크게 신경 쓰지 않았고, 정서적으로도 거리를 두고 살아왔다. 하지만 그럼에도 딸은 그와 너무나 닮아 있었다. 외모는 물론이고 행동과 습관까지도 이강준 자신의 어린 시절을 그대로 반영하는 듯 보였다. 어릴 적 만화를 그리고 그림에 특별한 재능을 보였던 딸의 모습 속에서, 그는 자신의 잃어버린 어린 시절을 보았다.

딸이 만화가를 꿈꾸는 모습을 보며, 이강준은 점차 딸에게 자신을 투영하기 시작했다. 딸의 열정과 재능 속에서 자신의 미완성된 꿈을 떠올렸고, 그 꿈을 다시 살아내고 싶어졌다. 그러나 그가 자신에게 허락하지 않았듯이, 딸도 그 꿈을 이룰 수 없었다. 이강준은 자신의 실패한 자아를 딸에게도 강요하며, 만화를 그리지 못하게 했다. 그로 인해 딸은 깊은 상처를 입었고, 이강준은 그런 딸의 아픔을 묵인하면서도 어딘가 모르게 스스로 위로받고 있었다. 딸의 좌절과 상처 속에서, 이강준은 오히려 자신이 이해받고 치유되는 듯했다.

딸은 이강준에게 상처받은 자아의 연장이었고, 그가 잃어버린 순수함을 간접적으로 보상받는 도구가 되었다. 딸의 사진을 올려놓는 행위는 단순히 비난을 피하려는 것이 아니었다. 그것은 자신의 실패한 자아를 딸의 순수함과 고통 속에서 위로받고, 그로 인해 스스로의 존재를 정당화하려는 치밀한 계산이었다.

딸의 순수한 웃음 속에 감춰진 이강준의 비겁함은 더욱 뚜렷하게 드러났다. 그는 딸의 이미지를 통해 자신의 부드러운 면을 강조하고, 비난을 누그러뜨리려 했다. 그렇게 딸은 그의 방패가 되었고, 동시에 그의 가장 추악한 면을 반사하는 거울이기도 했다.

비난이 거세질수록, 이강준의 책상 위에는 딸의 사진이 점점 더 늘어갔다. 마치 하늘에 달이 가득 찬 것처럼, 그의 책상은 딸의 환한 웃음으로 가득 채워졌다. 심지어 노트북 배경화면까지 딸의 사진으로 설정한 그는, 회의실에서 노트북을 연결할 때마다 커다란

스크린에 딸의 얼굴이 크게 비치도록 했다. 그 순간마다 그는 사람들의 반응을 유심히 살폈다. 화면 속에서 초승달 같은 딸의 눈웃음과 반달처럼 활짝 웃는 입은 회의실을 잠시 어색한 침묵으로 물들였다. 이강준은 그 침묵 속에서 자신이 딸을 위해 헌신하는 아버지라는 이미지를 은연중에 각인시키려 했다.

'딸이 있다는 걸 알면, 사람들이 나를 더 배려하겠지. 더 이상 몰아붙이진 않을 거야.'

이강준은 딸의 사진이 마치 비난을 막아주는 방패처럼 자신을 보호해 줄 것이라고 믿었다. 그 사진은 불안정한 그의 자리를 지켜줄 마지막 방어막 같았다. 그러나 딸의 순수한 미소 뒤에 숨으려는 그의 시도는 점점 더 치졸하게만 보였다.

방패는 금세 흔들리기 시작했다. 직원들은 그의 가족을 동정하기보다는, 오히려 더 큰 책임을 요구했다. 한 직원은 말했다.

"팀장님, 가족이 있으시니까 더 책임감 있게 행동하셔야죠."

그 말은 그가 의존하던 방어막을 단숨에 무너뜨리는 듯했다. 더 많은 사진을 배치해도, 사람들의 시선은 변하지 않았다. 딸의 웃는 얼굴은 이제 그를 방어하지 않았고, 오히려 그가 책임을 회피하려 한다는 상징처럼 변해갔다.

사무실에 사진이 늘어날수록 이강준의 불안도 깊어졌다. 사람들은 그의 사진을 더 이상 동정하지 않았다. 방어막은 완전히 무너졌고, 사진 몇 장으로는 더 이상 비난을 막을 수 없었다.

'나는 어린 딸이 있는 가장인데, 왜 아무도 나를 이해해 주지 않는 거지?'

이강준은 결계가 무너져가고 있음을 점차 깨달았다. 사방에서 밀려드는 비난과 책임감의 무게는 그가 더 이상 감당할 수 없는 수준에 이르렀다. 딸의 사진만으로는 더 이상 자신을 방어할 수 없다는 것을 직감하며, 그는 그 무게에 서서히 짓눌려갔다. 그가 쌓아 올린 방어막은 완전히 붕괴되었고, 그는 점점 더 고립되어 갔다. 외로움과 무력감 속에서, 그는 누구에게도 기댈 수 없다는 절망감에 사로잡혔다.

이강준은 쏟아지는 비난을 피해 보려고 안간힘을 썼지만, 상황은 그의 바람과는 정반대로 점점 더 복잡해졌다. 그는 자신의 무능함을 점점 더 자각하면서도,

머릿속에는 계속 임원의 모습이 떠올랐다. 임원은 언제나 방관자처럼 모든 상황을 관망하며, 어떤 비난도 받지 않고 편안하게 자리를 지키고 있었다. 이강준은 불안에 휩싸인 자신과 달리, 아무런 책임도 지지 않는 임원의 태도가 불만스러웠다. 그러나 동시에 그는 임원을 동경하기 시작했다.

'왜 비난의 화살은 나에게만 오는 거지? 이사님은 항상 저렇게 아무 일도 없는 것처럼 편안한데….'

이강준은 임원이야말로 자신이 되고 싶은 모습이라는 생각을 했다. 비난을 받지 않고 상황을 통제하는 위치에 있는 사람, 그 자리에 서고 싶다는 열망이 그를 사로잡았다. 그래서 이강준은 임원의 방패 뒤에 숨은 자신을 상상하며, 그 비난의 화살을 돌릴 대상을 찾기 시작했다. 그 대상은 다름 아닌 윤서진이었다.

'나도 임원처럼 될 수 있어. 이제 비난의 화살은 나를 피해 가고, 윤서진에게로 향하게 할 거야.'

그는 자신에게 쏟아지는 모든 책임을 윤서진에게 떠넘기고, 스스로를 더 고결한 존재로 포장하는 치밀한 계획을 세웠다. 그는 자신이 임원의 방패가 된 착각 속에서, 그녀와 같은 위치에 서기를 바랐다.

기회를 잡은 이강준은 곧바로 행동에 나섰다. 디자인팀의 계약직 직원이 실수로 고객에게 안내할 금액을 잘못 입력해 큰 혼란을 일으킬 뻔했다. 이 상황은 그에게 절호의 기회였다. 그는 문제를 바로잡기보다는, 윤서진에게 책임을 전가하기로 결심했다.

"서진 매니저, 왜 이런 실수를 저질렀어? 이건 전적으로 네 책임이야. 알겠어?"

이강준은 마치 윤서진이 큰 실수를 저지른 것처럼 몰아가며, 그녀를 비난하는 데 집중했다. 그의 목소리에는 강한 질책의 기운이 담겨 있었지만, 그 이면에는 자신의 책임을 회피하려는 얕은 속셈이 깔려 있었다. 그는 윤서진을 희생양 삼아 자신의 이미지를 지키려는 계획을 실행했다.

사실 이 실수는 윤서진과 전혀 관련이 없었지만, 이강준은 뻔뻔한 표정으로 그녀를 몰아붙였다. 그의 말투는 마치 모든 것이 윤서진의 잘못인 듯 날카로웠다. 윤서진은 잠시 당황했지만, 곧 그가 자신을 고의로 열받게 하고 억울하게 만들려는 의도임을 간파했다. 업무가 명확히 구분되어 있었기에 이는 분명 계약직 직원의 실수였지만, 이강준은 교묘하게 자신을 궁지로 몰아넣으려 하고 있었다.

그러나 윤서진은 즉각 반응하기보다는 차분하게 대응하기로 결심했다. 감정적으로 맞서기보다는 상황을 이성적으로 풀어나가며, 그의 의도된 공격을 무시하고 스스로를 지켜내야 한다고 생각했다.

이강준은 윤서진이 계약직 직원에게 "너 때문에 내가 혼났다"라며 분노를 쏟아내기를 기대하고 있었다. 윤서진이 감정적으로 대응하면, 그녀가 감정 조절이 부족한 사람으로 비칠 것이고, 이후의 문제들도 그녀에게 떠넘기기 쉬워질 거라고 생각했다. 이강준의 계획은 치밀했다. 윤서진을 팀 내에서 부정적인 인물로 몰아가면서, 자신은 상대적으로 너그럽고 성격 좋은 팀장처럼 보이게 하려는 것이 이강준의 의도였다. 그의 행동은 전략적이었지만, 진짜 목적은 갈등을 부추겨 윤서진을 고립시키고 자신이 유리한 위치를 차지하려는 것이었다. 이 모든 계획은, 자신의 무능을 덮기 위해 누군가를 희생양으로 삼으려는 계산된 움직임이었다.

그러나 윤서진은 이강준의 기대와는 달리 냉정하고 이성적인 대응을 보였다. 그녀는 실수를 저지른 계약직 직원에게 다가가, 차분하면서도 단호한 목소리로 말했다.

"지금 중요한 건 이 상황을 명확히 이해하는 거야. 이 실수가 어떻게 발생했는지, 그리고 앞으로 우리가 어떻게 대처할지 고민해야 해."

계약직 직원은 순간 당황했지만, 윤서진의 침착하고 논리적인 설명에 금세 안정을 되찾았다. 윤서진은 감정에 휘둘리지 않고, 문제를 해결하기 위한 실질적인 접근을 했다. 그녀는 계약직 직원과 함께 실수의 원인을 철저히 분석하며, 더 나은 대응책을 찾는 데 집중했다. 윤서진의 이런 태도는 단순히 문제를 해결하는 것을 넘어, 직원에게도 긍정적인 영향을 주는 리더십을 발휘하는 모습이었다.

이강준의 계획은 완전히 수포로 돌아갔다. 그는 윤서진이 팀원에게 화를 내어 팀 분위기를 악화시킬 것이라고 기대했지만, 오히려 그녀의 침착하고 이성적인 대응이 그의 마음을 더 무겁게 짓눌렀다. 윤서진의 차분한 반응은 이강준의 의도를 꺾었고, 상황을 더욱 난처하게 만들었다. 그러나 이강준은 쉽게 포기하지 않았다. 그는 빠져나갈 다른 방법을 찾기 위해 새로운 탈출구를 모색했다.

이강준의 손은 슬며시 책상 위에 놓인 약봉지를 만지작거렸다. '필요시 복용'이라는 문구가 적힌 그 약봉지는 그의 책상 한편에 자리 잡고 있었다. 회사 직원들은 이강준의 책상 위 약봉지에 대해 수군거리기 시작했다. 그들은 그의 행동을 의심하며 속삭였다.

"아니, 왜 저렇게 약봉지를 책상 위에 눈에 띄게 놔두는 거야? 저거 진짜 우울증 약 맞아?"

"30분마다 먹는다던데? 뭔가 수상하지 않아?"

"혹시 비타민을 우울증 약이라고 뻥치는 거 아닐까?"

"우리가 오히려 이 팀장 때문에 우울증 걸릴 것 같아."

직원들은 그가 동정을 얻으려 약봉지를 일부러 눈에 띄게 두었다고 생각했고, 그의 진정성에 대한 의심은 점점 커져갔다. 하지만 이강준은 이를 눈치채지 못한 듯 약봉지를 굴리며 새로운 계획을 구상했다.

'이번엔, 이걸로 승부를 봐야겠군.'

이강준은 손에 든 약봉지를 바라보며 음흉한 미소를 지었다.

7장

미완성 청사진

*

이강준은 윤서진을 회의실에 불러 앉히며 우울한 표정을 지었다. 잠깐의 정적이 흐르고, 그는 천천히 손에 들고 있던 약봉지를 책상 위에 올려놓았다. 이강준은 약봉지를 손끝으로 만지작거리며 잠시 침묵을 유지했다.

"치익"

이강준은 갑자기 약봉지를 찢어 약을 손에 털어 넣었다. 그는 의도적으로 손 위에 놓인 알약들을 잘 보이도록 손 각도를 조절한 후, 약을 입안에 쏟아부었다. 물병을 벌컥벌컥 들이켜는 동안, 윤서진을 곁눈질로 힐끔 쳐다보았다. 자신의 고통을 과시하려는 듯, 그녀의 반응을 살피는 그의 눈빛에는 무언가를 기대하는 기색이 역력했다.

"요즘 너무 힘들어, 서진 매니저. 사실 네가 모르는

다른 일들도 많아서 혼자 감당하기가 버거워."

이강준은 약봉지를 손에 쥐고, 눈을 가늘게 뜨며 윤서진의 표정을 살폈다. 그녀의 얼굴에서 어떤 반응을 읽어 내려는 듯 잠시 말을 멈췄다가, 무겁게 다시 입을 열었다. 그의 목소리에는 피로와 체념이 섞여 있었다.

"그래서 부탁이 하나 있어. 보름 동안 디자인 PL(프로젝트 리더) 권한을 너에게 맡기려고 해. 그때까지 개발팀에 파일을 넘겨야 하는데, 그 기간 동안 내가 맡고 있는 일들을 정리해 줬으면 좋겠어."

이강준은 힘없는 목소리로 이야기를 이어가며, 눈으로는 윤서진의 반응을 예의주시했다. 그의 목소리에는 미세한 긴장감이 스며들어 있었고, 그는 일부러 우울증 약을 먹는 모습을 과장스럽게 연출했다. 윤서진 역시 자신처럼 권력에 욕심이 있을 거라 생각하며, PL 자리를 제안하면 그녀가 자신의 일을 대신 떠맡아 줄 것이라는 기대에 부풀어 있었다.

그러나 윤서진은 이미 그동안 쌓여온 모든 문제를 보름 안에 해결하는 것이 현실적으로 불가능하다는 것을 잘 알고 있었다. 경력이 쌓인 그녀에게 이 제안은 이강준이 떠넘기려는 책임처럼 보였다. 그럼에도 불구하고 프로젝트가 순조롭게 진행되어야 했기에, 윤서진은 잠시 생각한 후 결국 이렇게 대답했다.

"할 수 있는 데까지 해보겠습니다."

윤서진이 PL을 맡았다는 소식을 듣자 여성 임원은 곧바로 그녀를 회의실로 불렀다.

"서진 매니저, 큰 책임을 맡았다면서? 이번에 한 번 제대로 해봐. 나는 남자보다 여자가 더 사회에서 성공하기를 바라고 있어."

임원의 목소리에는 분명한 권위가 묻어났지만, 그 속에는 여성 후배인 윤서진에게 거는 기대도 느껴졌다. 그 말이 격려처럼 들리면서도 어딘가 압박감이 담긴 듯했다. 윤서진은 잠시 머뭇거리며 고개를 숙였다.

"부족하지만, 최선을 다해보겠습니다."

윤서진의 겸손한 대답에 임원은 묘한 미소를 지으며 고개를 끄덕였다.

사실, 이 여성 임원은 이미 이강준의 한계를 간파하고 있었으며, 그가 교묘하게 윤서진에게 자신의 일을 떠넘기고 있다는 사실도 잘 알고 있었다. 그러나 아이러니하게도, 그녀는 이강준이 그런 방식으로 상황을 처리하는 모습을 흥미롭게 지켜보고 있었다. 그가 얼마나 오래 버틸 수 있을지, 그리고 윤서진이 이 상황을 어떻게 대처할지에 대한 묘한 호기심이 그녀의 마음속에 자리 잡고 있었다.

이강준은 임원과 점심을 함께하며 가벼운 대화를 나눈 뒤, 마치 아무 일도 없다는 듯 다시 윤서진을 불러냈다.

이강준은 윤서진을 향해 무거운 목소리로 물었다.

"정말 PL 역할을 해낼 수 있겠어? 제대로 할 자신 있는 거야?"

윤서진은 침착하게, 그러나 단호하게 대답했다.

"할 수 있습니다."

그러나 이강준은 멈추지 않았다. 입가에 비웃음을 띠며 다시 말했다.

"진짜 할 수 있겠어? 내가 보기엔 아닌 것 같은데."

그의 말투에는 도발적인 기색이 역력했다.

윤서진은 굳은 표정으로 다시 맞받아쳤다.

"네, 할 수 있습니다."

"아니, 아닌 것 같은데? 네가 맡기엔 너무 무거운 자리야. 실수하지 않을 자신 있어?"

이강준은 마치 그녀의 확신을 깨뜨리려는 듯, 더욱

비꼬는 말투로 덧붙였다.

윤서진은 속에서 치밀어 오르는 불쾌함을 억누르며 대답했다.

"걱정하지 마세요, 제가 충분히 해낼 수 있습니다."

그러나 이강준은 여전히 의심스러운 눈빛으로 그녀를 바라보며, 같은 질문을 또다시 던졌다.

"정말 확신해? 난 그럴 자신 없어 보여."

이 강준의 태도는 점점 더 공격적으로 변했다. 마치 윤서진이 스스로의 결단에 확신을 잃고 흔들리기를 바라는 듯한 그의 말투는 점점 더 날카로워졌다. 윤서진은 이 순간, 그의 진짜 목적이 자신을 불안하게 만드는 것임을 직감했다. 이강준의 계속되는 질문은 단순한 확인이 아닌, 그녀의 의지를 꺾으려는 의도였다.

"보름 동안 네가 어떻게 하는지 보고, 그 이후에 PL 자리를 계속 맡길지 결정할게."

이강준의 목소리에는 불신과 함께 자신의 권위를 과시하려는 의도가 스며 있었다. 윤서진을 끝까지 믿지 못하겠다는 듯한 그의 말투는 그녀를 더 이상 믿을 수 없다는 암시를 담고 있었다.

이강준의 끈질긴 질문 속에서, 윤서진은 그가 단순

히 리더십을 확인하는 것이 아니라, 자신의 위치를 흔들지 않으려는 불안과 권위적 태도를 느꼈다.

이강준은 처음부터 PL 자리를 내줄 생각이 전혀 없었다. 그는 구축 경험이 없었기 때문에, 상황을 어떻게 처리해야 할지조차 몰랐고, 오히려 윤서진이 맡은 일을 성공적으로 처리하더라도 그 성과를 자신의 공로로 둔갑시킬 계획을 세우고 있었다. 그는 PL 자리를 회수할 구실을 마련하고 있었고, 윤서진이 더 중요한 역할을 맡게 되면 자신의 팀장 자리가 위태로워질 수 있다는 불안감에 사로잡혀 있었다. 이 불안감은 끊임없이 그의 마음을 짓누르며, 그를 더욱 교묘하고 계획적인 행동으로 이끌었다.

윤서진이 디자인 PL을 맡았다는 소식이 회사에 퍼지자, 다른 부서 사람들은 마치 하이에나처럼 그녀에게 몰려와 빠른 문제 해결을 요구했다.

"서진 매니저, 이거 언제 끝납니까? 마감일이 코앞이에요!"

"빨리 좀 해줘요, 지금 모든 팀이 이걸 기다리고 있어요!"

"왜 이렇게 오래 걸리는 거죠? 다른 팀들은 이미 다

끝났는데….”

사람들은 윤서진을 둘러싸고 다급하게 몰아붙였다. 그녀에게 쏟아지는 압박 속에서, 이강준은 반대편에서 천사 같은 미소와 온화한 말투로 타 부서 사람들을 위로하고 있었다.

“많이 바쁘시죠? 곧 다 정리해서 드리겠습니다. 제가 서진 매니저에게 잘 전달해 두겠습니다.”

이강준은 다정한 목소리로 말했다. 그의 얼굴에는 따뜻한 미소가 서려 있었다.

“서진 매니저가 요즘 워낙 바쁘니까, 제가 중간에서 잘 조율해 보겠습니다.”

그 순간, 윤서진은 자신에게 몰려와 문제를 쏟아내는 사람들과, 갑자기 친절하게 대하는 이강준을 비교했다. 마치 자신이 모든 어려움을 홀로 떠안고 있는 사이, 이강준은 뒤에서 자신의 이미지를 좋게 만드는데 집중하고 있는 듯했다.

이강준은 지나치게 성급하게 자신의 위선을 드러냈다. 그의 욕망은 임원과 동등한 위치에 서고자 하는 마음을 서둘러 표출하게 만들었고, 그 결과 그의 의도는 너무도 노골적이었다. 더 높은 자리를 향한 그의 욕망이 지나치게 앞서나가면서, 그의 위선은 더욱 뚜렷하게 드러나고 말았다.

윤서진은 마침내 이강준의 진정한 의도를 깨달았다. 그는 단지 자신의 부정적인 이미지를 윤서진에게 떠넘기고 싶었던 것이 아니었다. 더 큰 목표를 위해 윤서진을 이용하려는 속셈이 있었던 것이다. 윤서진은 그가 자신을 방패 삼아 더 높은 자리로 나아가려는 계획을 명확히 파악하게 되었다.

'아, 팀장님은 내 동정심을 이용해 이미지를 바꿔치기하고, 결국엔 PL 자리까지 회수하려는 거였구나.'

윤서진은 이강준의 의도를 명확히 파악하며 혼잣말을 되뇌었다.

PL을 맡은 지 하루 만에, 윤서진은 임원을 찾아갔다. 그녀는 겸손하고 차분하게 말했다.

"죄송합니다. 많은 고민 끝에 내린 결정이었지만, 제 실력이 아직 부족하여 그 중요한 자리를 맡기에는 적합하지 않은 것 같습니다."

말투는 정중했고, 얼굴에는 깊은 사색의 흔적이 엿보였다. 윤서진은 자신의 부족함을 강조하며 스스로 물러서는 선택을 했다.

임원은 그녀의 이야기를 들으며 속으로 쓴웃음을 지으며 이강준에 대한 실망감을 느꼈다.

'이강준, 왜 이렇게 물러터진 거지? 윤서진을 어떻게든 압박해서 결과를 만들어내야지. 그게 리더라는 거야. 사람들 앞에서 약한 모습 보이지 말고, 제대로 쥐고 흔들어야 하는 거 아닌가? 나는 그가 사람을 다루는 능력이 뛰어난 줄 알았는데, 결국 윤서진에게 이 정도도 못하나.'

임원은 이강준의 '리더십'에 깊은 실망과 당혹감을 느꼈다. 그녀는 이강준이 윤서진을 지원하기보다, 더 강하게 몰아세워서라도 결과를 만들어내길 바랐다. 그게 그녀가 생각하는 진정한 리더의 역할이었다. 하지만 이제 윤서진이 물러나는 상황을 보면서, 이강준이 기대만큼 사람을 쪼고 압박하는 데 능하지 않다는 것을 깨닫고 있었다.

임원은 윤서진의 얼굴을 잠시 바라보다가, 마지못해 입을 열었다.

"알겠어. 그럼 그렇게 해."

그녀의 말투에는 어쩔 수 없이 받아들이는 기색이 역력했다. 이강준에 대한 실망이 서려 있었지만, 윤서진의 결정을 받아들여야 한다는 현실을 받아들이는 듯했다.

윤서진은 이강준의 진짜 속셈을 간파하고 있었다. 이강준이 PL 자리를 자신에게 맡긴 것도 일시적인 것이었으며, 결국 이를 회수하고 자신의 공로로 삼을 계획임을 이미 알아차렸다. 윤서진은 과감히 물러나는 것이 가장 현명한 방어라는 것을 잘 알고 있었다. 이강준의 전략에 말려들지 않고, 스스로 그 무대를 내려오는 것이 오히려 자신의 자리를 지키는 길임을 확신했다.

그러나 윤서진이 혼란스러워했던 이유는 단순히 PL 자리를 거절한 것 때문만은 아니었다. 그녀는 자신이 그 자리를 맡겠다고 말한 후에 번복해야 했다는 사실에 깊은 갈등을 느끼고 있었다.

'이사님 앞에서 분명히 열심히 해보겠다고 다짐했는데, 결국 내가 한 말을 번복하고 말았어. 이렇게나 쉽게 물러서다니, 정말 나 자신에게 실망스러워.'

윤서진은 이강준의 교묘한 조작에 휘말리면서, 자신의 원칙을 어쩔 수 없이 포기하고 입장을 바꿔야만 했다. 그 상황은 그녀에게 깊은 상처로 남았다. 자신의 신념을 지키지 못하고, 상황에서 벗어나기 위해 원치 않는 결정을 내렸다는 사실이 그녀의 마음을 더 괴롭게 만들었다.

그 과정에서 윤서진은 자신의 판단력에 대한 의심과 함께, 점차 자신을 잃어가고 있다는 상실감을 느꼈다. 모든 상황을 되돌아보던 그녀는 참아왔던 눈물을 처음으로 터뜨렸다. 그 눈물은 단순한 후회의 눈물이 아니었다. 그것은 자신의 자존심과 원칙이 흔들리며, 깊은 상실감에서 비롯된 절박한 표현이었다.

이강준에게 휘둘리며 자신의 결정을 뒤집어야 했다는 사실이 윤서진을 더 깊은 혼란에 빠뜨렸고, 그녀는 그 사실을 직시하며 차마 스스로를 용서할 수 없었다.

이강준은 약을 먹는 퍼포먼스까지 벌이며 상황을 수습하려고 애썼지만, 윤서진이 PL 자리를 냉정하게 거절하자 속으로 분노가 치밀었다. 자신의 계획이 어긋난 것에 대한 분노와 함께, 그는 여전히 윤서진의 동정심을 얻어 자신의 문제를 그녀에게 떠넘기고 싶었다. 그러나 윤서진이 그에게 기대했던 반응을 보여주지 않자, 그의 불안과 좌절감은 점점 커져만 갔다.

'어떻게든 윤서진에게 일을 다 넘기고 싶어. 그래야 내 부담이 덜하지. 하지만 PL 자리를 계속 윤서진에게 맡기면, 내가 더 위험해질 게 뻔해. 내가 중심을 못 잡으면, 결국 내가 잡아먹히게 될 거야. 그건 절대 안 돼.'

이강준은 생각을 거듭하면서 자신이 처한 딜레마에 빠져들었다. 윤서진이 자신보다 능력을 인정받게 되면, 그의 자리가 위태로워질 것이라는 불안감이 그의 마음을 짓눌렀다. 그러면서도 그는 어떻게든 윤서진에게 모든 수습을 맡기고, 그 공로를 은폐한 뒤 자신의 것으로 돌려 임원들에게 칭찬받고 싶었다.

'결국 내가 이 프로젝트를 잘 이끌었다고 칭찬받으면, 사람들을 잘 부려 먹는 리더십이라고 인정받을 수 있을 거야.'

하지만 그 모든 복잡한 생각은 그를 점점 더 혼란스럽게 만들었다.

'그래도, 만약 윤서진이 이 모든 걸 다 처리해 내면…. 그럼 내가 필요 없어지는 거잖아? 아니, 그럴 수 없어! 절대 안 돼.'

갈팡질팡하는 생각 속에서, 이강준은 점점 초조함에 사로잡혀갔다. 결국 그는 책상에 엎드렸다.

윤서진이 가까이 다가올 때마다, 그는 더욱 의도적으로 상처받은 척하며 책상에 엎드리기 시작했다. 이미 우울증 약을 공개한 만큼, 자신의 고통을 대놓고 드러내면 동정심을 받을 수 있을 거라고 확신하고 있었다. 책상에 엎드린 채, 눈을 살짝 뜨고 빛을 힐끔거리며 윤서진이 다가오기를 기다렸다.

'내가 이렇게 힘들어하는 모습을 보여주면, 서진 매니저가 나에게 와서 위로해 주겠지. 내가 이렇게 힘들어 보이는데, 당연히 내가 맡은 일도 대신 해결해 주겠지. 그러면 내가 이걸 다 잘 처리한 것처럼 꾸며서 임원들에게 인정받을 수 있을 거야…. 아니, 잠깐. 하지만 만약 윤서진이 날 무시하고 지나쳐버린다면? 그래도, 이렇게라도 해야 해….'

그의 머릿속은 이처럼 엇갈린 생각들로 가득 찼고, 이강준은 그 불안정한 감정 속에서 허우적대며 더 깊은 어둠에 빠져들었다.

이강준은 윤서진이 자신을 이해하고 동정해 줄 것이라는 헛된 기대에 사로잡혀, 점점 더 자신의 책임을 피하려고 애쓰고 있었다. 윤서진의 동정심과 도움을 바라는 그의 마음은 더욱 커져갔고, 그는 차츰 자신의 무책임한 태도를 정당화하려 했다. 결국, 그는 윤서진이 모든 문제를 대신 처리해 줄 것이라는 허황된 기대 속에서, 자신의 문제와 마주하는 것을 계속 회피하고 있었다.

이강준은 윤서진이 자신을 외면하고 지나치는 순간, 더 깊은 불안과 초조함에 휩싸였다.

'왜 아무 말도 안 하지? 내가 이렇게 힘들어 보이는데….'

그의 내면은 혼란으로 가득했다. 이 상황은 이미 몇 번이나 반복되었지만, 그는 여전히 그 끝에 대한 희망을 버리지 못했다.

'이제 그만 일어날까? 아니, 조금만 더 엎드려보자. 혹시 나에게 말을 건네줄지도 몰라.'

그는 자신이 고립 속에서 점점 더 깊이 빠져들고 있다는 사실을 인정하고 싶지 않았다. 어둠 속에서 희미하게 스며드는 한 줄기 빛을 붙잡으려 애쓰면서도, 그 빛은 점점 더 멀어지는 듯했다.

그는 혼자가 된 느낌이 점점 커져갔다. 아무도 자신을 이해하지 못하는 것 같았고, 그 고립감은 그를 짓누르는 거대한 무게처럼 다가왔다. 마치 끝없는 심연 속으로 빠져드는 기분이었다. 이강준의 마음을 무겁게 짓누르는 고통은, 자신이 세상으로부터 철저히 분리되었다는 느낌이었다. 빛이 사라지고, 그는 더 깊은 어둠 속으로 가라앉는 듯했다. 주변에는 아무도 없었고, 그의 목소리는 침묵 속에 묻혀버린 채 반응을 기다릴 뿐이었다.

그는 책상에 엎드려, 바닥을 향해 눈을 살짝 뜬 채 사람들의 발소리를 힐끔거렸다. 발소리가 들릴 때마다 귀를 쫑긋 세우며, 누군가 자신의 옆에 멈춰 서 주길 바랐다.

'제발…. 누구라도 나를 좀 봐주길…. 제발, 여기서 나를 그냥 지나치지 말아 줘….'

그러나 그의 기대와는 달리, 발걸음 소리는 이내 곧바로 그의 곁을 지나쳐갔다. 사람들은 그를 바라보지도 않고 빠르게 걸음을 옮겼고, 그 소리는 점점 더 희미해졌다. 이강준은 자신이 바라는 위로와 관심을 끝내 얻지 못한 채, 더 깊은 외로움 속으로 빠져들었다. 그의 귀에 들리던 발소리가 점점 멀어지는 순간, 고독은 더욱 날카롭게 그의 가슴을 찔렀다.

한때 따뜻한 위로의 말을 건네던 윤서진은 이제 완

전히 다른 사람이 되어 있었다. 그날 이후, 그녀는 더 이상 이강준에게 관심조차 두지 않았고, 그의 존재를 마치 공기처럼 대했다. 이강준은 그녀가 울고 난 뒤부터 그녀의 차가운 변화를 뼈저리게 느꼈다. 마치 얼음처럼 냉정한 그녀의 눈빛은 그의 내면 깊숙이 파고들어 무자비하게 그를 베어냈다. 더 이상 그녀의 눈에는 따스함이 없었고, 그 차가움은 이강준에게 잔인한 고통으로 다가왔다. 자신이 공허한 공간에 홀로 남겨진 듯한 감정이 밀려왔고, 그 차가운 시선은 마치 날카로운 얼음조각처럼 그의 가슴을 깊숙이 찔러내며, 그의 마음을 갈가리 찢어놓았다.

'나를 이렇게까지 무시하다니…. 나는 아무 의미도 없다는 건가?'

이 생각은 이강준의 마음을 무겁게 짓눌렀다. 그의 가슴속에서 무언가 부서지는 듯한 소리가 울려 퍼졌고, 이마를 타고 흐르던 땀방울은 점점 차갑게 식어갔다. 고독감이 그의 정신을 파고들며, 그를 끝없는 어둠 속으로 몰아넣었다. 윤서진에게 무시당한 그 느낌은, 마치 자신이 세상으로부터 철저히 배제된 존재처럼 느껴지게 했다. 그녀의 냉정한 태도는 그의 가슴에 깊은 칼자국을 남겼고, 그 상처는 치유될 길 없이 계속해서 쓰라린 통증을 남겼다.

그 순간, 그의 눈빛은 점점 더 차가워졌고, 텅 빈 허공을 바라보며 그는 깨달았다. 이 싸움에서 자신이 철저히 패배했음을. 그러나 그 패배감은 단지 실패에 대한 것이 아니었다. 그것은 세상에 홀로 남겨져 누구에게도 받아들여지지 않는 존재가 된 자신에 대한 절망감이었다. 이강준은 그 차가움과 고독 속에서, 마치 자신의 존재 자체가 무가치해진 듯한 공포에 휩싸였다.

이강준의 내면은 자신을 외면하는 윤서진을 보며 점점 무너져 내렸고, 그가 느끼는 고립감과 상실감은 이제 부정할 수 없는 현실로 다가왔다. 윤서진의 냉정한 태도는 그에게 마지막 남은 위안조차 앗아간 듯했다. 그의 마음속에서 일어나는 감정의 소용돌이는 점점 더 거세지고 있었다.

'어떻게 나를 이렇게 무시할 수 있지? 죄책감도 없는 사람인가?'

이강준의 혼란과 분노는 갈피를 잡지 못한 채, 그의 마음을 휘감았다. 그의 내면은 점점 불안정해져 가고 있었고, 통제할 수 없는 감정이 그를 집어삼키기 시작했다.

'내가 이렇게 비참해진 건 전부 너 때문이야. 너와 비교당해서 이런 굴욕을 당하고 있는 거라고.'

그는 자신의 실패를 마주할 용기가 없었다. 현실을 직시하기보다는, 모든 책임을 윤서진에게 돌리며 스스로를 합리화하려 했다. 이강준은 자신의 무능함과 불안정함을 인정하지 않으려 애쓰면서, 윤서진이 자신을 압박했다고 믿고 있었다.

그러나 그의 마음속에서는 모순된 감정들이 끝없이 일렁였다. 윤서진의 동정심을 얻고 싶어 하면서도, 점점 커지는 복수심이 그를 잠식해 갔다. 이제 그 복수심은 단순한 실망을 넘어, 그의 내면을 철저히 지배했다. 그것은 이강준을 집요하게 몰아붙이며, 그의 모든 생각을 뒤흔들었다.

복수심에 사로잡혀 생각을 거듭하던 이강준은 문득 과거에 자신이 상대를 무너뜨렸던 기억이 떠올랐다.

'그래, 윤서진도 결국 버티지 못할 거야.'

그 상대의 눈빛에는 불안과 공포가 서려 있었고, 어딘가에 매달리고 싶은 듯한 모습을 보였다. 얼굴은 점점 그늘졌고, 모든 의지가 꺾인 채 힘겹게 버티는 모습이었다. 이강준은 그 기억을 되새기며, 윤서진에게도 같은 효과를 낼 수 있을 것이라고 확신했다. 그는 과거의 성공을 반복하겠다는 결심으로, 다시 한번 윤서진을 무너뜨릴 게임의 판을 준비했다.

이번에는 절대로 실패하지 않겠다는 결심과 함께, 그는 그녀를 옭아매기 위한 전략을 다듬어 갔다. 그 복수심은 그에게 힘이 되었고, 동시에 그를 더욱더 깊은 어둠 속으로 끌어당겼다. 이강준의 내면에서 불안과 분노는 점점 더 커져만 갔고, 그는 다시 한번 자신의 의지대로 상황을 뒤집으려 했다.

ㅂㅈㅏㅇ

멘탈 게임

*

이강준은 자신만만한 표정으로 윤서진에게 과거의 경험을 이야기하기 시작했다.

"예전 직장에서 옆자리 동료가 자꾸 나한테 뭐라고 하길래, 내가 그 사람한테 말 한마디도 안 했어. 그냥 계속 무시했지."

그는 말을 하며 입꼬리를 살짝 올리며 미소 지었다. 그 순간, 그의 얼굴에는 승리감이 드러났다.

"결국 한 달 만에 그 사람이 퇴사했어. 내가 이긴 거야."

이강준은 자신감 넘치는 눈빛으로 윤서진을 바라보았다.

"난 그 사람 이름도 생각 안 나."

말투는 가벼웠지만, 그 말에는 윤서진도 그와 같은 운명을 겪게 될 수 있다는 무언의 경고가 담겨 있었다. 너 또한 나에게 잊힐 수 있는 무의미한 존재라는 의미가 담겨 있었다. 이강준의 차가운 눈빛은 그녀에게 보이지 않는 선을 긋듯 위협을 가했다.

그 후, 이강준은 윤서진에게 말을 걸지 않았다. 과거에 그가 사용했던 방식 그대로 상대를 몰아세우려는 의도가 엿보였다.

'침묵이야말로 가장 강력한 무기야.'

그는 차가운 표정을 지으며 속으로 다짐했다.

'말없이도 널 지배할 수 있어. 넌 결국 이 압박을 견디지 못할 거야.'

이강준은 자신의 침묵이 얼마나 큰 고통을 줄 수 있는지 잘 알고 있었다. 과거에 사람들에게 외면당하고 버림받았을 때마다, 그는 견딜 수 없는 고립감에 시달렸다. 사람들이 자신을 피할 때 느낀 그 외로움과 불안은 그에게 지워지지 않는 상처로 남아 있었다.

세상으로부터 완전히 버려진 듯한 그 고통스러운 감정을 다시 떠올리며 이강준은 자신이 그 침묵을 무기로 사용한다면 상대방도 똑같은 고통을 겪을 것이라 확신했다.

'나도 그랬으니까, 너도 이 침묵을 견딜 수 없을 거야.'

윤서진은 이강준이 침묵을 무기로 자신을 압박하

려 한다는 것을 알고 있었다. 하지만 막상 그 침묵을 마주하니, 그것은 마치 날카로운 송곳으로 그녀의 마음을 마구 찌르는 듯했다.

'이렇게 날 무시하고, 내 존재를 지워버리려는 건가?'

그녀는 속으로 중얼거리며 고개를 저었다. 그의 침묵 속에 담긴 의도를 알아챘지만, 그 고요함은 생각보다 더 버티기 힘들었다.

그러나 윤서진은 스스로에게 다짐했다.

'이대로 물러설 수는 없어. 팀장님이 원하는 대로 반응하면, 그건 나의 패배야.'

그녀는 눈을 감고 깊게 숨을 들이마셨다.

'난 이걸 이겨낼 거야. 팀장님의 침묵 속에서도, 흔들리지 않고 내 자리를 지킬 거야.'

이강준은 윤서진의 반응을 기다리며 속으로 이미 승리감을 맛보고 있었다. 과거 직장에서 침묵으로 상대를 압박해 성공했던 기억이 그를 지배하고 있었다. 그때 상대의 힘든 표정과 결국 무너지는 모습을 목격했던 장면이 떠올랐다.

'네가 버틸 수 있을 것 같아?'

이강준은 윤서진이 압박에 지쳐서 먼저 다가와 주

기를 기대했다. 하지만 윤서진의 단단한 표정을 보면서, 그가 예상했던 쉬운 승리는 점점 더 멀어지고 있었다.

윤서진이 반응을 보이지 않자, 이강준은 점점 초조해졌다. 침묵이 계속될수록, 그 고요함 속에서 그가 느끼는 불안은 점점 커져만 갔다. 이강준은 윤서진의 작은 반응이라도 얻어야만, 그 답답함에서 벗어나 숨을 쉴 수 있을 것 같았다. 그는 어떻게든 윤서진의 침묵을 깨뜨리고자 애썼고, 그러기 위해 과거 자신이 상사에게 받았던 피드백의 기억을 떠올렸다. 상사의 피드백이 올바른 지적이었음을 어렴풋이 알고 있었지만, 그때의 상처와 자존심의 손상은 그에게 여전히 깊은 고통으로 남아 있었다.

'너도 한번 같은 고통을 느껴봐.'

이강준은 윤서진에게서 반응을 이끌어내기 위해, 과거 자신이 겪었던 그 인격 모독의 기억을 되살려 그것을 그대로 대갚음해 주기로 결심했다. 그의 목표는 단순히 윤서진의 반응을 얻는 것만이 아니었다. 계속해서 침묵을 유지하며 자신에게 굴복하지 않는 윤서진에게 복수하고자 하는 마음도 있었다. 이강준에게 피드백은 이제 조언이 아닌, 그녀를 공격하고 무너뜨리기 위한 무기가 되어 있었다. 윤서진의 침묵이 이어질수록, 이강준의 복수심은 더욱 불타올랐다.

'뭐지?'

윤서진은 알림의 내용을 확인하기 위해 클릭했다. 그 순간, 이강준의 피드백이 화면에 나타났다. 이미 파란색 그러데이션으로 작업한 디자인에 '파란색 그러데이션을 넣어야 한다'는 지시가 덧붙여져 있었다. 또 알림이 울렸다. 윤서진은 또 클릭해 보았다. 이번엔 이미 하단에 배치된 버튼에다가 '하단에 버튼을 배치해야 한다'는 피드백이 추가되어 있었다.

윤서진은 피드백을 보고 한숨을 내쉬었다. 알림이 끊임없이 울렸고, 그녀의 작업물은 이강준의 불필요한 피드백으로 가득 찼다. 마치 이강준이 윤서진의 작업을 전적으로 교정하고 수정한 것처럼 보이게끔 꾸며진 상황이었다.

윤서진의 디자인은 이미 다른 부서와 논의해 결정된 것이었다. 그러나 다른 직원들에게는 마치 이강준이 윤서진의 작업을 철저히 검토한 것처럼 보였다.

윤서진은 이강준의 피드백을 하나씩 차분히 읽어

나갔다. 그녀는 이강준의 피드백에 하나씩 댓글을 달며, "이 작업은 몇 월 며칠에 기획팀과 논의하여 완료된 것입니다. 작업 내역에서 확인 가능하십니다. 추가 피드백을 주신 이유가 무엇인지 궁금합니다."라고 차분하게 반문했다. 그녀는 작업의 날짜와 배경을 구체적으로 설명하며, 이강준의 지시가 얼마나 불필요하고 부실한지를 논리적으로 지적했다.

윤서진은 모든 피드백을 세밀하게 분석하며 댓글을 달았다. 그녀는 이강준이 마치 정당한 비판을 가장하며 자신의 작업을 깎아내리려는 의도를, 하나하나 폭로해 나갔다. 윤서진은 이 과정을 통해 이강준의 얄팍한 술책을 드러내고자 했다. 그가 진정 문제를 해결하려는 것이 아니라, 자신을 압박하고 고립시키려 했다는 사실을 부각시켰다.

이강준은 윤서진의 반박을 보면서 초조해지기 시작했다. 그의 의도는 윤서진을 흔들고, 그녀의 자신감을 꺾는 것이었지만, 정작 반격을 당하고 있는 쪽은 자신이었다. 윤서진의 논리적이고 침착한 대응에, 상사로서 전혀 존중받지 못하고 있다는 생각이 들어 분노가 치밀어 올랐다.

이강준은 속으로 씩씩거리며 중얼거렸다.

'나를 무시하는 건가? 내가 상사인데, 와서 침묵을 멈춰달라고 애원하지도 않고, 상사를 상사로 대하지 않네!'

그는 자신의 지시가 상사의 권위로서 절대적이어야 한다고 굳게 믿고 있었다. 상사가 불합리한 요구를 해도 부하직원은 가만히 따라야 한다는 생각이 그의 머릿속을 지배했다. 그러나 윤서진은 그 기대를 깨뜨렸다. 그녀는 침묵 속에서도 당당하게 맞섰고, 그로 인해 이강준은 자신의 권위가 전혀 인정받지 못하는 것처럼 느껴졌다. 윤서진의 무심한 태도는 마치 그가 상사로서 자격이 없다는 듯했다. 이강준은 그 치욕스러운 기분을 견딜 수 없었다. 그의 마음은 점점 더 화가 나서 불타오르기 시작했다.

더욱 좌절감을 느낀 이강준은 윤서진을 더 힘들게 만들기 위한 새로운 방법을 모색하기로 결심했다. 단순히 침묵과 피드백으로는 충분하지 않다고 느낀 그는, 윤서진에게 더 큰 부담을 지우고 그녀의 한계를 시험하기 위해 또 다른 교묘한 수를 계획하기 시작했다. 그의 표정에는 차가운 결심이 엿보였고, 머릿속

생각은 점점 치밀해졌다.

이강준은 윤서진의 업무를 하나씩 자신의 손아귀에 쥐기 시작했다. 중요한 파일은 공유하지 않았고, 윤서진이 맡았던 프로젝트를 독단적으로 처리하려 했다. 그나마 윤서진의 피드백을 받으며 조정하던 부분들이 사라지자, 이강준은 점점 회사의 요구사항이나 기획을 철저히 무시한 채, 자신의 상상에만 의존해 아무 근거 없는 디자인을 진행했다. 그 결과, 프로젝트는 회사의 방향성과 완전히 어긋났고, 사방에서 혼란과 불만이 터져 나왔다. 그러나 이강준은 그런 상황 속에서도 여전히 윤서진에게 집착했다.

'결국 나에게 와서 업무를 맡겨달라고 애원하겠지.'

이강준의 계획은 윤서진에게 깊은 무력감과 고립감을 심어주기 위한 것이었다. 그녀가 아무런 정보도 받지 못한 채 하루 종일 회사에서 아무것도 할 수 없게 만든다면, 그 절망감 속에서 무너질 것이라 믿었다. 이강준은 윤서진이 점점 더 고립되고, 자신의 존재감마저 잃어가며 침묵 속에 갇히기를 바랐다. 그는 그녀가 이 상황을 견디지 못하고 결국 자신에게 도움을 청할 것이라고 기대했다. 그러나 윤서진이 아무런 반응을 보이지 않자, 이강준은 점점 초조해졌다.

어느 날, 윤서진은 누군가의 시선이 자신을 따라다니는 것을 느꼈다. 고개를 돌려보니, 이강준이 자신의 얼굴을 뚫어져라 바라보고 있었다. 이강준은 윤서진의 표정을 관찰하는 데 몰두한 나머지, 윤서진이 자신을 보고 있다는 사실조차 깨닫지 못한 듯했다. 며칠 동안 그의 시선이 자신을 쫓아오는 것을 느낀 윤서진은, 그가 자신의 표정이 무너지길 바라고 있다는 걸 알아차렸다.

'정말 신경 쓰이네….'

그녀는 이 무의미한 싸움에서 벗어나고 싶었다. 그러다 문득, 일부러 표정을 더 어둡게 만드는 방법을 떠올렸다. 이강준이 자신이 무력해 보이는 모습을 보고 속으로 승리감을 느끼도록, 일단 그의 기대에 맞춰주기로 한 것이다.

'네가 원하는 대로 해줄게. 내가 이렇게 흔들리는 것처럼 보이면 네가 방심하겠지.'

윤서진은 일부러 지쳐 보이는 태도를 취했다. 시간이 지날수록 그녀의 표정이 어두워지자, 이강준은 자신이 성공했다고 착각했다. 그는 윤서진이 곧 자신에게 애원할 것이라는 기대 속에서, 자신의 침묵이 결국 그녀를 굴복시켰다고 믿으며 안도감을 느꼈다.

며칠 후, 대표가 이강준과 윤서진을 불렀다.

"서진 매니저, 요즘 표정이 너무 어두워 보여. 무슨 일 있는 거야?"

대표는 진심으로 걱정스러운 표정을 지으며 물었다. 그 순간, 이강준은 기회를 놓치지 않고 재빠르게 끼어들었다.

"대표님, 저는 늘 밝은 표정입니다."

그는 자신이 윤서진과는 다르다는 것을 은근히 과시하듯 대답하며, 자신만의 이미지 구축에 열중했다. 윤서진은 그런 이강준의 말을 흘려듣고, 고개를 살짝 숙이며 조용히 답했다.

"앞으로 표정에 더 신경 쓰겠습니다, 대표님."

그날 이후, 윤서진은 더 이상 어두운 표정을 짓지 않았다. 이강준이 온갖 방법을 동원해도, 그녀는 언제나 밝은 표정을 유지했다. 이강준이 불안한 눈빛으로 그녀를 쳐다볼 때면, 윤서진은 여유로운 미소를 띠며 그와 눈을 마주쳤다.

"서진 매니저, 뭐가 그렇게 즐거워?"

이강준이 짜증 섞인 목소리로 물었다.

"네? 늘 밝은 표정을 유지해야죠."

윤서진은 이강준의 일그러진 얼굴을 보며 자연스럽게 미소를 지어 보였다.

그 순간, 이강준은 윤서진이 대표의 지시 때문에 밝은 표정을 유지할 수밖에 없다는 사실을 깨달았다.

'이제 내가 무슨 수를 써도 윤서진은 계속 밝은 표정을 짓겠구나….'

이강준은 더 이상 윤서진을 흔들 수 없다는 사실에 큰 충격을 받았다. 승리가 확실하다고 믿었던 그는, 모든 계획이 한순간에 무너진 듯한 좌절감을 느꼈다. 이 충격에서 쉽게 벗어나지 못한 그는 불면증에 시달리기 시작했다. 잠에 들면 알 수 없는 악몽에 시달리며 깼다. 꿈의 구체적인 내용은 기억나지 않았지만, 깨어날 때마다 불쾌하고 짜증이 치밀어 오르는 기분에 사로잡혔고, 목 안에서는 끝없는 갈증이 느껴졌다. 그런 밤이 반복될수록 그의 초조함은 점점 더 깊어졌다.

윤서진의 표정은 시간이 지날수록 점점 더 밝아졌고, 그에 반해 이강준은 밤마다 잠을 설치며 초췌한 모습으로 변해갔다. 그의 눈은 점차 생기를 잃고, 마치 동태눈처럼 텅 빈 시선을 떼기 시작했다.

'일단 나만 피하면 돼. 디자인팀만 피하면 괜찮을 거야.'

이 생각은 회사 전반에 자연스럽게 퍼졌다. 사람들은 이강준과의 마찰을 피하려 조용히 일에만 몰두하며, 눈에 띄지 않으려 했다. 사무실은 각자 살아남으려는 분위기로 가득했고, 누구도 이강준의 문제를 대놓고 언급하거나 공론화하지 않았다. 이제는 디자인팀뿐만 아니라 다른 부서들까지도 살얼음판을 걷는 듯한 긴장감 속에서 일하고 있었다. 이강준이 아무리 혼란을 일으켜도, 사람들은 묵묵히 자신의 자리를 지키며 문제를 일으키지 않으려는 태도를 유지했다.

'굳이 나서서 일을 더 크게 만들지 말자.'

이런 암묵적인 동의가 사무실 전체에 퍼지며, 마치 무언의 규칙처럼 분위기를 지배하고 있었다.

윤서진은 수동적으로 프로젝트 상황을 지켜볼 수밖에 없었다. 회사 내에서 디자인팀은 점점 외면받고 있었고, 그녀는 고립된 채 홀로 남겨졌다. 문제가 발생해도 아무도 이강준과 얽히기를 원치 않았고, 그의 혼란스러운 지시와 공격을 피하려 애썼다. 회의나 회식 자리에서도 사람들은 의도적으로 윤서진 곁을 피해 다른 사람들과 어울리려 했고, 그녀는 혼자 남는 일이 많아졌다.

윤서진이 더 이상 나서지 않기로 결심한 이유는 이미 회사 내에서 모든 이들이 디자인팀을 외면하는 상황에서, 자신이 그 문제를 해결할 수 없다는 사실을 뼈저리게 깨달았기 때문이었다. 그녀는 이제 자신이 어떤 노력을 하더라도 상황을 바꿀 수 없음을 알고, 차라리 그 혼란 속에서 한발 물러서기로 했다.

그럼에도 그녀는 차분한 표정을 유지하며 상황을 지켜보았다. 윤서진은 이강준이 혼자서는 결코 모든 일을 감당하지 못할 것을 알고 있었기에 굳이 나설 필요가 없다고 생각했다. 그는 점차 정신적, 육체적으로 무너질 것이 뻔했기 때문이다. 윤서진은 그의 최후가 다가오는 것을 조용히 기다리며, 그가 스스로 무너져가는 모습을 묵묵히 지켜보았다.

윤서진은 매일 퇴근 후 화실로 향했다. 바쁜 하루를 마치고 붓을 들면, 그동안 억눌려 있던 감정들이 하나둘씩 풀려났다. 캔버스 앞에 서는 순간, 이강준이 만들어낸 혼란과 스트레스는 점차 사라지며, 그녀는 다시 자신을 찾아가는 기분을 느꼈다. 붓이 캔버스를 가로지를 때마다 그녀의 내면 깊숙이 쌓여 있던 불안과 혼란이 차분하게 가라앉았다. 마치 색채들이 그녀의 마음을 하나하나 정리해 주는 듯했다.

어린 시절, 그녀는 부모의 강압적인 기대 속에서 숨 막히는 나날을 보냈다. 부모는 그녀가 실수를 할 때마다 꾸짖었고, 윤서진은 자신의 감정을 표현할 기회를 잃곤 했다. 그러나 혼자 방에 들어가 연필을 들고 그림을 그릴 때만큼은, 그녀는 온전히 자유로웠다. 연필이 종이를 가로지르며 선을 그을 때마다, 억눌린 감정이 해방되는 듯한 느낌을 받았다. 그때부터 그림은 그녀의 위안이자 도피처가 되어 주었다.

이 경험은 성인이 된 그녀에게도 큰 영향을 미쳤다. 바쁜 일상과 업무의 스트레스로부터 벗어나 화실에서 그림을 그릴 때마다, 그녀는 어린 시절의 그 감각을 다시 느낄 수 있었다. 붓질을 할 때마다, 그녀는 마치 내면의 상처를 하나씩 덮어가는 듯한 기분이 들었다. 예술을 통해 다시금 어린 시절의 고통을 되새기며, 그 고통을 현재의 자신의 일부로 받아들였다.

'나는 그림으로 회복할 수 있어.'

윤서진은 그림을 그리면서 점점 자신감을 되찾았다. 물감을 쌓아 올리는 붓질 하나하나에 확신이 담겨 있었고, 이는 마치 이강준이 무너뜨리려 했던 자존감을 다시 쌓아 올리는 과정과도 같았다. 이제 그녀의 붓은 단호했고, 강한 붓질은 내면의 상처를 덮으며 그녀를 지켜주었다. 이강준과의 갈등은 더 이상 그녀를 좌절시키지 못했다. 그가 남긴 상처는 오히려 예술로 승화되어 윤서진을 더욱 단단하게 만들었다.

윤서진이 화실에서 그리는 그림들은 그녀의 내면을 그대로 반영하고 있었다. 차분한 색채들은 그녀를 둘러싼 혼란을 정리해 주었고, 그녀는 예술을 통해 점점 더 견고해졌다. 예술이 실패와 좌절의 상징이었던 이강준과는 달리, 윤서진에게 예술은 고통 속에서도 자신을 표현할 수 있는 방패가 되었다. 이강준은 예술을 외면하고 도망쳤지만, 윤서진은 그 반대로 예술에서 내면의 힘을 찾아냈다.

윤서진에게 예술은 단순한 취미가 아니었다. 어린 시절의 외로움을 달래주었던 그 순간들은, 이제 그녀의 삶에서 강인함을 키워주는 밑바탕이 되었다. 그림을 그리면서 과거의 고독과 현재의 혼란을 잇는 다리

위에서, 그녀는 다시금 자신을 찾아갔다. 예술은 그녀의 상처를 보듬으며 내면을 치유하는 과정이었다.

이강준과의 갈등이 여전히 해결되지 않았지만, 윤서진은 이 싸움에서 자신을 지킬 힘을 찾아낸 것이다. 그녀는 더 이상 그와의 다툼에 흔들리지 않았고, 예술을 통해 얻은 내적 평온을 바탕으로 이강준의 도발에 넘어가지 않았다.

윤서진은 이제 이강준이 스스로 무너져가는 모습을 지켜보며, 그의 파국을 차분하게 기다렸다. 그녀는 예술을 통해 자신의 내면을 지켜내며 이강준의 한계를 넘어서고 있다는 확신을 가졌다.

4장

INFP 호소인

*

이강준이 모든 업무를 자신이 쥐고 흔들기 시작하면서, 프로젝트는 점차 더 큰 혼란 속으로 빠져들었다. 다른 부서 사람들은 디자인 관련 문제로 이강준에게 질문하기를 꺼렸고, 결국 답을 찾지 못한 채 윤서진에게 직접 찾아오기 시작했다. 한때 디자인팀을 외면하고 "각자도생"을 외치며 선동하던 직원도 급한 마음에 윤서진을 찾아와 물었다.

"서진 매니저님, 이 부분은 어떻게 처리해야 할까요?"

윤서진은 침착하게 대답했다.

"죄송해요, 팀장님께서 모든 일을 맡아서 진행 중이라, 저도 정확히는 알지 못합니다."

그러자 그 직원은 답답한 표정으로 다급하게 말했다.

"그래도 제발 도와주세요. 이 작업을 더 이상 미룰 수가 없어요. 파일 한 번만 확인해 주시면 안 될까요?"

윤서진은 마지못해 그 직원이 건넨 파일을 열어보았다. 예상했던 대로, 파일 상태는 엉망이었다. 잠시 침묵하던 윤서진은 깊은 한숨을 내쉬며 말했다.

"이건…. 생각했던 것보다 훨씬 더 제멋대로네요. 제가 작업했던 부분도 전부 사라졌고, 팀장님이 임의로 수정하신 것 같아요."

그녀의 말을 들은 직원들은 당황한 표정으로 모여들었다.

"그럼 이대로 작업을 진행해도 되는 건가요?"

윤서진은 고개를 저으며 단호하게 말했다.

"이 상태로 진행하면 수정 작업이 끊임없이 이어질 거예요. 고생만 하고, 제대로 된 결과물을 기대하긴 어려울 겁니다."

이 대화는 사무실에서 이루어졌고, 곧 이강준의 귀에 들어갔다. 그는 겉으로 침묵을 지키고 있었지만, 자신의 잘못이 공개적으로 드러났다는 사실에 분노가 치밀어 올랐다.

'어떻게 사무실 한가운데서 나를 이렇게 무시할 수 있지?'

침묵을 무기로 삼던 그의 전략은 완전히 무너졌다.

그동안 자신을 보호해 주던 가면은 이제 더 이상 쓸모없어 보였다. 무시당하고 있다는 생각에 그는 더는 침묵을 지킬 수 없었다. 억누르지 못한 분노가 치솟아, 성큼성큼 윤서진에게 다가가며 화난 목소리로 외쳤다.

"서진 매니저, 어떻게 사무실에서 그렇게 대놓고 나를 비난할 수 있어? 나는 INFP라서 그런 말 들으면 상처받아!"

윤서진은 고개를 돌리며 차분한 목소리로 답했다.

"팀장님, 저는 그저 사실을 말한 겁니다. 체계가 없으면 일을 진행할 수가 없잖아요."

윤서진은 속으로 깊은 한숨을 쉬었다. 이강준이 또다시 자신의 실수를 방어하려는 모습을 보며, 그가 어떤 말을 할지 이미 알고 있었다.

"INFP니까 이해해달라."

"INFP라서 부드럽게 말해달라."

"나는 INFP라서 사람을 공격하지 않는다."

그는 궁지에 몰릴 때마다 이런 말을 하며 자신의 혼란스러운 지시와 실수를 변명하기 일쑤였다. 처음에는 사람들이 그의 말을 듣고 당황했지만, 시간이 지날수록 그 말은 점점 설득력을 잃어갔다. 이제 이강준의 방어적 태도는 더 이상 사람들에게 통하지 않았다. 그에게 성격 유형은 방패가 아닌, 무책임함을 드러내는 구실이 되어버렸다.

윤서진은 혼란 속에서 묵묵히 일을 이어갔다. 왜 그녀는 이런 어수선한 상황 속에서도 1년 가까이 버틸 수 있었을까? 그 이유는 매우 현실적이었다. 그녀의 결혼식이 다가오고 있었고, 그 중요한 날까지는 무사히 일상을 유지하고 싶었기 때문이다. 결혼을 앞둔 그녀는 어쩌면 이 혼란이 곧 끝날 것이라는 희망을 가지고 있었고, 그저 눈앞의 일에 집중하며 하루하루를 버텨왔다.

그러나 이강준의 입장에서는 상황이 전혀 다르게 흘러가고 있었다. 그의 방어막은 점점 무너져갔고, 더 이상 윤서진을 제어할 수 없다는 불안감이 커져갔다. 자신이 통제력을 잃어가는 것을 느끼자, 그는 마지막으로 할 수 있는 가장 치졸한 방법으로 반격할 준비를 하기로 결심했다.

'절대 결혼식을 순조롭게 치르지 못하게 할 거야.'

이강준은 윤서진의 결혼식을 망치기로 결심했다.

그는 결혼식 날을 목표로 마지막 방해 공작을 계획했다. 이를 위해 그는 윤서진을 회의실로 불렀다.

"디자인 전체 화면을 5월 11일까지 완료해."

이강준의 목소리에는 냉정함이 서려 있었다. 프로젝트가 이미 몇 달이나 지연된 상황에서, 그는 느닷없이 디자인 마감일을 윤서진의 결혼식 당일인 토요일로 설정했다. 게다가 그동안 이강준이 맡아왔던 윤서진의 업무를 다시 돌려주며, 윤서진이 도망갈 틈도 없게 하려는 속셈이었다.

윤서진은 결혼식을 준비하는 와중에 이 통보를 받고 충격을 받았지만, 무슨 속셈인지 파악하려고 애쓰며 일단 흔들림 없는 표정을 유지했다. 이 소식을 들은 동료들 또한 그 터무니없는 일정에 충격에 휩싸였다.

"와, 이강준 팀장 인성 뭐야?"

"일생에 한 번뿐인 결혼인데… 진짜 사악하다."

시간이 지나면서, 그 마감일이 중요한 기한이 아니라는 것이 드러났다. 그저 윤서진에게 결혼식 전후로 심리적 압박과 스트레스를 주려는 이강준의 계획일 뿐이었다. 이강준의 진짜 목적은 윤서진이 결혼을 앞두고 마음의 평화를 누리지 못하게 만들려는 것이었다.

이강준은 "INFP라서 상처받는다"라며 자신을 피해자로 포장했지만, 뒤에서는 교묘하게 심리전을 벌였다. 그는 윤서진에게 은근히 'INFP라서 체계를 지키지 못하는 걸까?', '왜 자꾸 실수를 하지?', '내가 이해해 줘야 하나?' 같은 의구심을 품도록 만들며, 그녀의 확신을 흔들려 했다. 이강준의 INFP 가면은 결혼식에만 적용된 것이 아니었다. 그는 오랫동안 이 가면을 쓰고 윤서진의 심리를 흔들고, 그녀의 의심과 불안을 교묘히 조장했다.

이강준은 신부로서 모든 이들의 시선을 받으며 주목받는 그녀의 모습을 보고 싶지 않았다. 특히 신부 대기실에서의 모습이나, 입장할 때의 화려한 순간을 마주하는 건 더더욱 싫었다. 하지만 대표와 임원, 그리고 직원들이 모두 참석한다는 말을 듣고, 그는 결혼식 참석을 피할 수 없다는 사실을 깨달았다. 이강준은 밤새 고민하며 결혼식에 가야 할지 말아야 할지 갈등했다.

결혼식 당일, 이강준은 일부러 결혼식 시작 시간에 맞춰 결혼식장에 도착했다. 윤서진은 드레스를 입고 부케를 든 채 신부 입장을 대기하고 있었다. 이강준은 운이 나쁘게도 결혼식장에 들어서자마자 윤서진과 눈이 마주쳤다. 윤서진은 고개를 살짝 숙여 인사를 했지만, 이강준은 순간 패배감에 휩싸여 즉시 고개를 홱 돌리며 무시했다.

그는 신부 측 축의금 부스로 가면서도 의도적으로 윤서진을 보지 않으려 애썼다.

"식권 몇 장 드릴…."

말이 채 끝나기도 전에, 이강준은 급하게 자리를 떠났다.

이강준의 마지막 공격, 즉 결혼식 방해 시도는 결국 실패로 돌아갔다. 윤서진은 흔들리지 않았고, 결혼식도 무사히 치러졌다. 이강준의 심리적 압박은 더 이상 그녀에게 영향을 미치지 못했다. 그가 던진 의심과 불안의 씨앗은 결국 윤서진의 확고한 의지를 흔들지 못한 채 사라져 버렸다.

신혼여행을 다녀온 후에도 윤서진은 이 모든 상황이 믿기지 않았다.

'정말 INFP라면 이렇게까지 치졸할 수 있을까?'

윤서진은 문득 의심이 들었다. 이강준이 정말 INFP일까? 아니면 처음부터 그가 INFP라는 가면을 쓰고 있었던 것일까? 그의 행동들은 모두 마치 자신의 무능함과 실수를 방어하려는 치밀한 계획처럼 보였다.

윤서진은 그가 INFP라는 성격을 방패 삼아 자신의 부족함을 숨겨왔다는 사실을 깨달았다. 그동안의 모든 행동들이 이제서야 하나둘씩 퍼즐처럼 맞춰지기 시작했다. INFP라는 가면은 그가 자신을 상처받기 쉬운 사람으로 포장하고, 동정심을 유도하며 실수를 덮기 위한 방어 수단이었다. 이 가면을 통해 그는 자신의 책임을 회피하고, 상대방의 비판을 차단하려 했던 것이다.

윤서진은 자신도 모르게 'INFP라서 어쩔 수 없는 건가….'라고 생각하며 그의 방패에 흔들렸던 순간을 떠올렸다. 그제야 윤서진은 이강준이 INFP라는 성격 유형을 전략적으로 이용해 왔다는 사실을 명확히 깨달았다.

이강준이 'INFP'라는 가면을 쓰고 있다는 건 사실이었다. 그는 여러 차례 MBTI 검사를 해보았지만, 매번 다른 결과가 나와 자신의 성격 유형을 정확히 파악하지 못했다. 그가 이 가면을 쓰게 된 건, 이전 직장에서 있었던 일 때문이었다. 그곳에서 INFP 성격을 가진 한 동료가 실수를 저질러도 쉽게 용서받고, 상사들에게 관대한 대우를 받는 것을 목격한 것이다. 사실, 그 동료가 특별한 대우를 받은 것은 아니었지만, 이강준은 그 상황을 질투의 눈으로 보았다. 그는 끊임없이 그 동료와 자신을 비교하며 'INFP로 포장하면 나도 보호받을 수 있겠지'라고 생각했다.

결국, 그는 새로운 회사에서 자신을 방어하고 보호받기 위해 'INFP'라는 가면을 쓰기로 결심했다. 그 가면은 그에게 있어 방패이자 도피처였고, 그 뒤에 숨으며 자신의 실수와 약점을 감추려 했다.

윤서진은 이제 이강준의 가면 뒤에 숨겨진 속셈을 꿰뚫고 있었다. 이강준의 비열한 전략은 더 이상 윤서진에게 통하지 않았다. 윤서진은 그가 점점 무너져가는 모습을 차분히 지켜보았다.

윤서진이 이강준의 치졸한 행동에 단호하게 대처하며 더욱 강해질수록, 프로젝트는 깊은 수렁에 빠졌고 회사는 초긴장 상태로 몰려갔다. 직장 동료들은 그의 실수를 알면서도 굳이 지적하지 않았다. 그 이유는 간단했다.

'이강준과 엮이면 안 돼.'

사람들은 이강준과의 마찰을 피하려고 애썼다. 회의 중 누군가가 그의 잘못을 지적하려다가도, 다른 이들이 눈짓으로 경고하듯 입을 다물게 했다. "괜히 문제를 일으키지 말자"는 분위기가 사무실에 퍼져 있었다. 이강준이 지나갈 때마다 누군가는 뒤에서 수군거렸고, 그의 눈치를 보는 모습들이 곳곳에서 보였다. 그러나 정작 그의 앞에서는 누구도 목소리를 높이지 않았다.

상황은 더욱 복잡해졌다. 만약 이강준에게 지적이라도 하면, 그는 불같이 화를 냈고, 사무실은 금세 시끄러워졌다. 그럴 때마다 임원은 팀장급 회식을 진행해, 불만을 잠재우려 했다. 그녀는 회식 자리에서 지갑을 열어 고기를 사주었고, 팀장들은 조용히 얻어먹으며 상황을 넘기곤 했다. 그 이후로 팀장들은 사무실에서 이강준에게 함부로 큰소리를 내는 것을 꺼리기 시작했다. 돈으로 해결되는 이런 반복적인 상황 속에서 사람들은 차라리 입을 다물고 조용히 일에만 집중하는 게 낫다고 여겼다.

하지만 프로젝트는 계속 진행해야 했다. 이강준의 문제들을 그냥 넘길 수만은 없었다. 사람들은 그의 지시가 잘못된 것을 알면서도, 결국 그에게 문제를 지적해야 하는 상황에 놓였다. 이강준과의 갈등을 피하려는 마음과 업무의 현실 사이에서 사람들의 혼란은 점차 깊어져 갔다. 결국, 각자 자기 일만 하려는 시도는 조직 전체에 불협화음을 일으켰다.

어느 날, 한 동료가 윤서진에게 다가와 속삭였다.

"그냥 이강준 팀장님 말대로 해. 괜히 문제 만들지 말고."

그러나 며칠 뒤, 그 동료는 전혀 다른 말을 했다.

"왜 저런 사람 하나 못 이겨? 이제는 좀 강하게 나가야지!"

윤서진은 당황스러웠다. 어느 날은 강하게 나가라면서도, 다음 날은 조용히 따르라고 말하는 동료들의 태도에 그녀의 마음은 더욱 어지러웠다. 다른 동료들도 마찬가지였다. 한편에서는 "팀장님 지시에 따르는 게 안전해."라고 하다가, 또 다른 날에는 "왜 그렇게 끌려다녀? 네 의견을 분명히 해."라고 조언했다.

사람들은 불안한 상황 속에서 태도를 바꿔가며 윤서진에게 서로 상반된 조언을 했다. 그들의 말은 마치 뒤죽박죽된 퍼즐 조각처럼 맞춰지지 않았다. 누구도 명확한 해결책을 제시하지 못했고, 오히려 그녀를 더욱 혼란스럽게 만들었다. 윤서진은 그들의 말에 점점 방황하며, 누구의 말을 믿어야 할지 갈피를 잡지 못했다.

이 혼란은 회사 전체로 퍼져나갔다. 각 부서마다 다양한 소문과 이야기가 퍼졌다. 어떤 사람은 "그냥 조용히 넘어가자."라고 했다가, 또 다른 날에는 "더 이상 참을 수 없어. 뭔가 해야 해."라고 외쳤다. 사람들의 말은 날마다 변했고, 분위기는 점점 더 어수선해졌다.

회의에서는 한 사람이 말했다.

"우선은 이강준 팀장님 의견에 따르는 게 좋겠습니다."

그러자 다른 사람이 반박했다.

"하지만 그 방법은 효과가 없었잖아요. 새로운 접근이 필요해요."

그 순간 또 다른 사람이 끼어들었다.

"그럼 어떻게 하자는 거죠? 지금은 불필요한 변화를 줄 때가 아니에요."

대화는 끝없이 이어졌고, 결론은 나지 않았다. 모든

사람이 다른 의견을 내놓았고, 그 누구도 확신을 가지지 못했다.

결국 이 혼란은 모두에게 큰 부담이 되었다. 각자도생을 시도하던 사람들도, 이강준과 엮이지 않으려 했던 이들조차 더 이상 이 상황에서 벗어날 수 없었다. 마치 끝없는 미로에 갇힌 것처럼, 누구도 출구를 찾지 못했다. 회사 전체는 깊은 소용돌이에 빠져들었고, 그 소용돌이에서 모든 이들이 방황했다. 윤서진은 혼란 속에서 무너져가는 회사를 그저 지켜볼 수밖에 없었다.

10장

붓끝에 담긴 구원과 덫

*

사무실은 이미 잔뜩 긴장된 공기로 가득 차 있었다. 결국 팀장 중 한 명이 참지 못하고 먼저 입을 열었다.

"도대체 언제까지 이럴 거야, 이 팀장? 프로젝트가 1년이나 지연됐어!"

팀장의 목소리가 사무실에 울려 퍼지자마자, 다른 팀장들도 기다렸다는 듯이 차례로 불만을 쏟아냈다. 이강준의 귀에 그들의 비난은 날카롭게 꽂혔다. 말들이 끝없이 쏟아지는 동안, 그의 마음속에서는 무언가가 서서히 무너져 내리고 있었다.

"맞아! 네가 무책임하게 일을 던져놓고, 맨날 우울증 코스프레만 하면 다야?"

또 다른 팀장이 분노에 찬 목소리로 책상을 세게 내리쳤다. 이강준은 고개를 떨구고 말았다. 그들이 던지는 비난은 너무나 익숙한 것이었고, 그는 그것을 받아들일 힘조차 없었다. 처음에는 그저 참으려 애썼지만, 시간이 지날수록 그의 내면은 마치 얼음처럼 조금씩 금이 갔다. 가슴속에 묻어두었던 자존심이 짓눌리고, 억눌려 있던 두려움이 서서히 표면 위로 떠 올랐다. '내가 정말 잘못한 걸까?'라는 질문이 머릿속을 가득 채웠지만, 아무도 그에게 답을 주지 않았다.

"대체 무슨 생각으로 일을 하고 있는 거야? 3억이 한순간에 휴지 조각이 되었잖아!"

이강준은 궁지에 몰린 쥐처럼 한 발짝 뒤로 물러섰다. 그의 얼굴은 창백해졌고, 입술은 간신히 닫혀 있었다. 그는 그동안 책임을 회피하며 숨겨왔던 것들이 이제 드러나리라는 두려움에 사로잡혔다. 그러나 팀장들은 더 이상 그의 침묵을 용납할 수 없었다.

"네 잘못이 드러날까 봐 지금까지 거짓 보고하며 다 감추려 했지!"

팀장의 비난이 이어졌고, 이강준은 손을 무의식적으로 책상 모서리를 움켜쥐었다. 그는 마치 자신을 둘러싼 모든 것이 천천히 무너져 내리는 것만 같았다. 이강준의 머릿속에서는 차가운 목소리들이 메아리쳤고, 그때마다 그의 자존심은 더 깊이 갈라졌다.

"넌 일을 대충 던져놓고, 우리가 알아서 수습하길 바란 거잖아!"

이강준은 변명하려 입을 열었지만, 목소리가 가라앉아 말을 잇지 못했다. 그가 애써 숨기려 했던 일들이 차츰 겉으로 드러나며, 이제는 더 이상 감출 수 없는 지경에 이르렀다. 침묵을 지키고 있던 그에게, 한 팀장이 마침내 폭발했다. 그의 목소리는 사무실을 가득 메우는 분노로 떨렸다.

"더는 못 참겠어!"

팀장은 서류 뭉치를 이강준 쪽으로 던지며 고함쳤다.

"너, 일 처음 해보는 사람 같아! 경력 다 거짓말인 거 아니야?"

서류가 공중을 가르며 이강준의 발밑에 떨어졌다. 그 순간, 이강준의 얼굴이 더더욱 창백해지고 입술이 떨리기 시작했다. 분노와 충격에 휩싸인 팀장들은 삿대질하며 고함을 질렀고, 책상 위에 흩어진 서류들이 바닥에 널브러졌다.

"우리가 그동안 다 맞춰주고 해달라는 대로 다 해줬잖아!"

또 다른 팀장이 삿대질하며 분노를 터뜨렸다.

"대체 언제까지 너를 애처럼 돌봐야 하는 거야!"

그때, 윤서진의 시선이 조용히 이강준을 향했다. 그는 눈앞에서 자신에게 등을 돌린 사람들의 분노를 감당하지 못하고, 고개를 푹 숙이고 있었다. 눈물을 글썽이는 이강준을 본 윤서진은 그가 얼마나 나약해졌는지 깨달았다. 머뭇거리며 물러서는 그의 모습은 한때 자신감 넘치던 팀장의 모습과는 전혀 달랐다. 그가 애써 감추려 했던 두려움이 이제는 모두의 앞에 드러나고 있었다. 윤서진은 잠시 그 장면을 차갑게 지켜보며 생각했다.

'팀장님이 결국 이렇게 무너지는구나.'

임원이 팀장들을 긴급 소집해 회의실로 불렀다. 모두 자리에 앉자마자 그녀는 냉정한 표정으로 입을 열었다.

"더 이상 미룰 수 없어. 강준이는 이제 실무만 맡을 거야. 팀장 자리에서 내려와. 새 팀장은 곧 뽑을 거고, 다른 팀장들은 어떻게 수습할 건지 이따가 회의하자."

그동안 하루에도 수십 번씩 이강준의 불만을 받아

주며 그를 보호해 주던 임원이었지만, 이번에는 매서운 눈빛으로 그를 외면했다. 이제 더 이상 보호받을 곳이 없다는 듯, 그녀의 말은 단호했다. 마치 모든 것을 끝내겠다는 의지가 담겨 있었다.

이강준은 그 순간, 자신을 지켜주던 마지막 끈마저 놓아버린 것 같은 기분이 들었다. 마치 한순간에 갈 곳을 잃어버린 어린아이처럼 그의 머릿속은 새하얘졌고, 두려움에 떨며 시선을 어디에 둘지 몰랐다. 그의 동공은 크게 확장되었고, 심장은 마구 뛰기 시작했다.

'어떻게 이렇게 될 수 있지?'

이강준은 속으로 비명을 지르듯 외쳤다. 한때 자신을 굳건히 지켜주던 임원이 등을 돌려버린 순간, 자신이 이제 아무도 없는 고립된 존재가 되었다는 사실을 뼈저리게 느꼈다.

하지만 임원의 얼굴은 감정이 완전히 지워진 듯 무표정했다. 그가 뒤를 돌아보며 구원을 바라는 눈빛을 보냈지만, 임원은 더 이상 그를 볼 이유가 없다는 듯, 그녀의 시선은 이강준을 지나 다른 팀장들로 향했다.

"이제 더 이상 널 보호해 줄 수 없어. 자신이 한 일에 대한 책임을 져야 해."

임원의 목소리는 더 차갑고 냉정하게 떨어졌다.

이강준은 그 말에 마치 사형 선고를 받은 듯, 몸이 얼어붙었다. 그동안 자신을 감싸주던 방패가 무너진 듯, 그는 이제 차가운 바람 속에 맨몸으로 내던져진 기분이었다. 지지대가 사라진 자리는 적막했고, 그의 곁을 지키던 그림자는 어느새 사라졌다. 손을 뻗어도 닿을 곳이 없었다. 그는 자신이 그토록 의지했던 이들이 더 이상 자신의 뒤에 서 있지 않음을 느꼈다. 자신이 밟고 있던 땅이 사라져가는 듯한 그 순간, 그는 스스로가 누군가의 뒤에 가려졌던 그림자에서 이제는 고스란히 드러난 나약한 존재임을 깨달았다.

대표는 무거운 표정으로 자리에 앉아 그를 기다리고 있었다. 대표실의 공기는 냉랭하게 가라앉아 있었다. 이강준은 어깨를 한껏 움츠린 채, 천천히 자리에 앉았다. 대표는 그의 보고서를 넘기며 깊은 한숨을 내쉬었다. 그 순간, 이강준의 심장은 마치 바위에 눌린 듯 무겁게 내려앉았다.

"이 팀장."

대표의 목소리는 무겁고 차분하게 가라앉아 있었다.

"그동안 참 많은 계획을 말했지. 이것저것 하겠다고 했잖아. 그런데 결과는 뭐야? 제대로 해낸 게 하나도 없어."

대표의 말은 칼날처럼 그의 가슴을 깊숙이 찔렀다. 이강준의 내면에서는 억울함과 짜증이 동시에 치밀어 올랐다. 그의 손은 주먹을 꽉 쥐고 있었지만, 그 떨림을 숨길 수는 없었다.

'내가 얼마나 노력했는데, 어떻게 나에게 이런 말을 할 수 있지?'

머릿속은 복잡하게 뒤얽혔고, 가슴속에서는 억울함이 들끓었다. 자신의 노력을 부정당한 듯한 기분에, 그의 목소리는 점점 떨리기 시작했다.

"대표님, 전 제 나름대로 최선을 다했습니다. 하지만… 사람들이 저를 인정해 주지 않아서 힘들었습니다. 제가 뭘 하려고 해도 다들 따르지 않는데, 왜 저한테만 그러십니까?"

이강준의 목소리는 떨렸고, 그의 얼굴엔 억울함이 가득했다. 그는 자신을 둘러싼 상황을 타인의 탓으로 돌리며 변명을 늘어놓았다. 그러나 대표의 눈빛은 차갑고 무표정했다. 마치 그가 하는 모든 말이 사무실

안의 차가운 공기 속에 사라져 버리는 것 같았다.

"그래. 그런데 그건 네가 팀장으로서 신뢰를 얻지 못했다는 뜻 아닌가? 네 방식에 문제가 있다는 걸 한 번이라도 생각해 본 적 있어?"

대표의 말은 이강준의 내면을 더욱 무겁게 짓눌렀다. 그 순간, 그의 마음속에서는 자신이 애써 쌓아 올렸던 모든 자존심과 자신감이 무너져 내리는 듯했다.

대표는 말을 멈추고 이강준을 가만히 바라보았다.

"이강준 팀장, 넌 지금 본인조차 방향을 잃고 있는 것 같아. 팀을 이끄는 사람이 방향을 잃으면, 팀도 함께 길을 잃는 법이지. 그리고 넌 이미 그 길을 벗어났어. 이제 그만두는 게 좋겠다. 팀장 자리에서 내려와."

대표의 말은 마치 커다란 망치로 그를 내리친 것처럼 충격적이었다. 그 순간 그의 가슴은 무거운 돌덩이처럼 내려앉았다. 마치 그동안 쌓아왔던 모든 벽이 한 순간에 사라져버린 듯, 이강준은 자신이 속절없이 붕괴되는 기분을 느꼈다.

이강준은 대표의 무표정한 얼굴을 바라보며 억울함이 치밀어 올랐다. 그동안 자신의 노력이 헛되지 않았다는 것을 증명하고 싶었지만, 대표의 차가운 시선은 모든 변명을 무색하게 만들었다. 그가 내뱉는 변명은 점점 힘을 잃어가고, 그의 속내는 아무에게도 전해지지 않는 듯했다.

그는 더 이상 말을 잇지 못했다. 대표의 말이 그의 내면 깊숙이 스며들어, 차갑고 무거운 현실로 다가왔다.

이강준은 모든 것이 한꺼번에 무너졌다고 느꼈다. 그의 얼굴은 굳어졌고, 팀장에서 내려오면 사람들이 자신을 비웃고 손가락질할 것이라는 두려움이 몰려왔다. 팀장이 아니면 이곳에 남을 이유가 없다는 생각이 그를 짓눌렀다. 결국, 그는 더 이상 이 회사를 다닐 수 없다는 결론에 이르렀다.

그는 힘없이 입을 열었다.

"그렇다면…. 퇴사하겠습니다."

그 한마디가 대표실 안에 무겁게 떨어졌다. 대표는 그를 바라보며 잠시 고개를 끄덕였지만, 아무런 대꾸도 하지 않았다. 이강준은 멍하니 그 자리에 앉아 있었다. 모든 것이 끝났다는 사실이 점차 현실로 다가왔다. 이제 더 이상 그 자리에 있을 수 없다는 사실이 그의 가슴을 한층 더 무겁게 짓눌렀다.

며칠 후, 이강준은 퇴사를 준비하고 있었다. 그의 책상 위에는 정리되지 않은 서류들과 어지럽게 흩어진 계획서들이 산처럼 쌓여 있었다. 그는 몇 장 남은 서류를 무심히 집어 들었지만, 더 이상 무엇을 붙잡아야 할지 알 수 없어 허탈하게 손을 놓았다. 한때 그토록 갈망했던 창가 옆 팀장 자리는 이제 그의 것이 아니었다. 모든 것이 끝났음에도 불구하고, 그는 여전히 뭔가를 놓지 못하고 있었다. 서류를 정리하는 그의 손은 지쳐 보였고, 마치 무거운 짐을 들고 있는 것 같았다.

"내가 다시 팀장으로 이직할 수 있을까?"

그의 머릿속은 복잡해졌다. 오랫동안 꿈꿔왔던 관리자의 길이 결국 무너져 내린 것이다. 그가 힘겹게 쌓아 올린 자존심과 성공에 대한 열망은 이제 허무하게 무너져버렸다. 자신의 방식이 옳다고 굳게 믿어왔던 그는, 결국 무너져 내린 것이 자신이라는 사실을 직면해야 했다.

윤서진은 이강준의 퇴사를 지켜보며, 그를 이해하는 마음과 비난하는 마음 사이에서 갈등했다. 그녀는 이강준이 걸어온 길과 그가 왜 그렇게 되었는지 어느 정도 이해할 수 있었다. 어린 시절부터 강압적인 부모 밑에서 자라온 자신과 그가 비슷한 환경에서 자란 것을 알고 있었기에, 그의 내면의 고통과 외로움을 어느 정도 공감할 수 있었다. 하지만 그런 이유만으로 그를 용서할 수는 없었다. 그의 선택은 그녀와 달랐고, 그 선택이 많은 이들에게 깊은 상처를 남겼다.

그의 행동은 윤서진에게 가볍게 넘길 수 없는 깊은 상처를 남겼다. 그녀는 그의 혼란스러운 행동이 우연한 실수로 여겨지지 않기를 바랐다. 남은 사람들이 그가 남긴 혼란을 수습하는 과정에서, 혹시 새로운 비극의 주인공이 등장한다면, 이강준의 실패가 가벼운 희극으로 변질될까 두려웠다. 그의 잘못은 결코 가벼운 실수가 아니었고, 윤서진은 그 비극이 사람들의 기억 속에서 왜곡되지 않기를 바랐다. 그의 행동은 분명한 결과를 남겼으며, 그것은 지워져서는 안 된다는 것이 그녀의 확신이었다.

이강준은 퇴사 준비를 하면서도 여전히 억울한 표정을 지었다. 사과 한마디 없이 침묵하는 그의 모습은 윤서진에게 그가 비극의 주인공으로 남아 야만 한다는 확신을 더 해주었다. 그러나 그녀는 그를 완전히 비난할 수 없었다. 그의 삶이 어떤 환경 속에서 틀어졌는지 알았기 때문이다. 하지만 그것이 그가 남긴 상처를 지울 수는 없었다.

윤서진은 깊은 혼란 속에서도 예술을 통해 이강준과의 과거를 받아들이기로 결심했다. 그녀는 붓을 들어 커다란 캔버스 앞에 섰다. 붓을 들 때마다 그녀는 자신의 고통과 혼란을 조금씩 풀어내며, 스스로를 치유했다. 그녀의 붓이 사막의 모래 결을 그려낼 때마다, 그 속에 담긴 이강준의 외로움과 자신이 느낀 상처가 서서히 해소되는 듯했다. 그녀는 이강준의 혼란스러운 앞날을 예언하듯이 사막을 그려나갔다. 타오르는 태양 아래 끝없이 펼쳐진 사막, 그 사막은 그의 삶처럼 메마르고 혼란스러웠다. 하늘의 태양은 그에게 남겨진 고통과 좌절을 상징하듯 강렬한 빛을 내리쬐었고, 사막은 그 열기 속에서 메마르고 갈라졌다.

그녀는 이강준을 미워하지 않았다. 그를 완전히 이해할 수 없었지만, 그를 동정하지도 않았다. 이강준이 실패한 이유는 단순한 환경의 문제가 아니었다. 그는 자신에게 주어진 고통을 타인에게 투사했고, 그로 인해 많은 이들이 상처받았다. 윤서진은 그 고통을 예술로 승화시키며 자신을 치유했다. 그녀는 이강준이 그 길을 선택하지 못한 것을 안타까워했지만, 그가 자신에게 남긴 상처는 분명했고, 그것은 예술로 승화되지 않으면 안 되는 것이었다.

어린 시절부터 강압적인 부모 밑에서 자라온 자신과 이강준이 비슷한 환경에서 자란 것을 알고 있었기에, 그녀의 마음속에는 그를 향한 복잡한 감정이 뒤섞여 있었다. 윤서진은 어렸을 때, 부모의 엄격한 기준에 맞추기 위해 하고 싶은 것을 억눌러야만 했던 순간들이 떠올랐다. 그때마다 그녀는 자신의 꿈을 포기하지 않기 위해 방 한구석에서 몰래 그림을 그리곤 했었다. 어두운 방에서 손전등 하나에 의지해 그림을 그리던 어린 시절의 기억이, 이강준의 이야기를 들을 때마다 떠올랐다. 그는 그 고통을 이겨내지 못하고, 결국 타인에게 그 상처를 되풀이했다는 사실이 그녀를 더욱 안타깝게 했다.

캔버스 위의 사막은 이강준의 내면을 상징했다. 저 멀리 끝자락에 보이는 신기루를 향해 걸어가는 고독한 실루엣이 있었다. 발자국은 하나뿐이었고, 다른 발자국들은 모래바람에 지워져 있었다. 윤서진은 그 실루엣에 이강준을 투영했다. 사막을 헤매는 그의 모습에는 혼란과 고독, 그리고 상실감이 짙게 배어 있었다. 그는 끝없이 무엇인가를 갈망하며 신기루를 쫓고 있었지만, 그 신기루는 결코 그에게 도달하지 않을 것이었다. 윤서진은 그가 갈망했던 모든 것이 결국 모래바람 속에 흔적 없이 사라질 운명임을 느꼈다.

윤서진의 손이 빠르게 움직일수록, 캔버스 위의 사막은 더욱 선명해졌다. 하늘 위의 태양은 더욱 강렬하게 타올랐고, 사막은 끝없이 이어졌다. 붓질을 할 때마다, 그녀는 자신의 혼란과 아픔이 조금씩 가벼워지는 것을 느꼈다. 마치 이강준의 흔적을 사막 속에 던져버리며, 그로부터 벗어나려는 듯한 감정이 그녀를 사로잡았다. 그녀는 이 그림을 통해 자신의 상처와 이강준의 몰락을 예술로 승화시키며, 마음속 깊이 자리 잡았던 그와의 기억을 서서히 떠나보냈다. 그는 더 이상 그녀의 상처가 아니었다. 그가 이제 그녀에게는 단지 고통스러운 하나의 일화에 불과해졌다는 사실을 받아들이며, 마지막 붓질을 끝냈다.

윤서진은 그 그림을 마주 보며 속으로 말했다.

'이제 너도, 나도 벗어났어.'

이강준의 삶은 끝없이 타오르는 사막 속에 사라졌고, 윤서진은 그 사막을 남겨두고 자신만의 길을 찾아 떠나기로 결심했다. 그녀는 이제 고통과 혼란에서 벗어나, 자신을 위한 새로운 여정을 시작할 준비가 되어 있었다.

11장

마지막 오아시스

*

윤서진이 그림을 완성해 갈 때, 이강준은 사무실에서 멍하니 창밖을 바라보고 있었다. 윤서진의 붓이 사막의 모래 결을 따라 움직일 때마다, 이강준은 어딘가에서 자신의 신발 안으로 모래가 스며드는 듯한 느낌을 받았다. 윤서진이 태양을 그릴 때, 이강준은 갑자기 고개를 들어 머리 위에서 뜨겁게 내리쬐는 태양을 마주했다. 이유는 알 수 없었지만, 갑자기 공기가 건조해지고 목이 타들어 가는 듯한 기분이 들었다. 그의 시야가 아지랑이로 흐릿해지자, 사무실 풍경은 서서히 희미해졌다.

윤서진의 붓질이 점점 더 강렬해지자, 사막 한가운데에 고독하게 서 있는 인물이 드러났다. 그것은 이강준의 실루엣이었다. 사무실 바닥은 어느새 뜨거운 모래로 변해 있었고, 이강준은 발이 점점 더 깊숙이 모래 속으로 빨려 들어가는 것을 느꼈다. 그는 무언가에 이끌리듯 모래 위를 걷기 시작했다. 하지만 그의 발자국은 곧바로 바람에 휩쓸려 흔적도 없이 사라졌다.

갑자기, 이강준의 앞에 끝없는 사막이 펼쳐졌다. 그 순간, 윤서진은 그림 속의 이강준을 완성했다. 그의 모습은 이제 더 이상 현실의 이강준과 다르지 않았다. 윤서진이 마지막 붓질로 사막을 완성하자, 이강준은 마치 그림 속으로 빨려 들어가듯 사막에서 길을 잃고 헤매기 시작했다.

윤서진은 붓을 내려놓으며 조용히 중얼거렸다.

"이제 끝났어."

이강준은 사막 한가운데 홀로 서 있었다. 그의 눈앞에는 끝없이 이어진 모래 언덕과 불타는 태양만이 있었다. 태양은 하늘 높이 솟아올라 그를 가차 없이 내리쬐었고, 그 강렬한 빛은 마치 그의 눈을 찢는 듯했다. 뜨거운 열기가 얼굴을 할퀴고, 그의 피부는 서서히 불에 그을리는 것처럼 고통스러웠다. 모래는 끓는 용암처럼 그의 발을 태우며, 한 걸음 내디딜 때마다 마치 날카로운 칼날이 그의 살을 파고드는 듯한 고통이 몰려왔다. 그러나 그보다 더 견디기 힘든 것은 이 끝없는 고립이었다.

아무리 주위를 둘러봐도 그곳엔 그와 함께할 사람 하나 없었다. 세상이 그에게 등을 돌린 것만 같았다. 그의 목을 조여오는 것은 단지 갈증 때문이 아니었다. 이 고통과 외로움을 함께 나눌 사람 하나 없다는 사실이 그의 가슴을 점점 더 짓눌렀다. 그러나 모래는 그가 아무리 외쳐도 대답하지 않았다. 그것은 고통이나 외로움 같은 개념 따위는 알지 못하는, 그저 무심하게 존재할 뿐인 자연의 잔혹한 일부였다. 태양 역시 그를 가만두지 않았다. 태양은 그가 아무리 몸부림치고 울부짖어도 무자비하게 그의 살을 태워 가며 자비를 모르는 듯 그를 불태웠다.

사막은 끝없이 이어졌고, 그의 목소리는 그 안에 갇혀 메아리조차 없이 사라졌다.

"도와줘!"

그가 절규하듯 외쳤지만, 사막은 무심했다. 그의 외침은 허공 속에 흩어졌고, 모래바람만이 그를 감쌌다. 바람이 그의 귀를 지나칠 때마다 그는 고요한 죽음의 속삭임을 듣는 듯했다. 갈증이 그의 목구멍을 잔인하게 쥐어짜기 시작했다. 숨을 들이마실 때마다 공기는 더 건조해졌고, 그의 목은 갈라져 갔다. 그러나 그보다 더 참기 어려운 고통은, 이 절망과 고통을 나눌 사람 하나 없다는 사실이었다.

그는 하늘을 올려다보며 손으로 눈을 가렸지만, 뜨거운 열기는 그를 끝없이 집요하게 뒤쫓아 그의 살을 태웠다. 그는 눈을 감고 고통을 외면하려 했으나, 태양은 무자비하게 그를 태우며 그 어떤 자비도 베풀지 않았다. 그의 저항은 사막의 무심함 앞에서 부질없었다. 그가 아무리 몸부림을 쳐도 세상은 여전히 그를 잔혹하게 외면할 뿐이었다.

사방을 둘러봐도 탈출구는 없었다. 한 걸음 내디딜 때마다 발밑의 모래가 그의 발을 잡아채며 깊이 끌어내렸다. 그의 발자국은 모래바람에 의해 순식간에 사라졌고, 마치 그는 같은 자리를 빙글빙글 맴도는 듯했다. 그가 아무리 앞으로 나아가려 해도, 남겨진 흔적은 다시 모래 속에 파묻혔고, 결국 그는 제자리를 맴도는 듯한 고통에 빠져들었다. 이강준은 방향을 잃고 점점 더 깊은 고립 속으로 빨려 들어갔다. 그가 남긴 흔적조차 지워지는 이 현실은, 그가 세상에 남기려 애썼던 모든 것들이 결국 아무런 의미 없이 사라져 버린다는 것을 증명해 주는 것만 같았다. 세상이 그의 존재를 기억해 줄 이는 아무도 없었다.

절망에 빠진 이강준은 갑자기 핸드폰을 찾기 위해 주머니를 뒤지기 시작했다. 그의 손이 허겁지겁 주머니를 뒤적였지만, 차가운 금속의 감촉은 느껴지지 않았다. 누군가에게라도 연락을 해서 자신을 구해달라고 외치고 싶었지만, 손에는 아무것도 없었다. 이강준의 심장은 그 순간 세차게 뛰기 시작했고, 모든 것이 무너져 내리는 듯한 절망감이 그를 덮쳤다.

그는 필사적으로 핸드폰이 어디 있는지 떠올리려 애썼다.

'핸드폰이 어디 갔지?'

순간 사무실 책상 위에 핸드폰을 두고 온 기억이 떠올랐다. 그는 마치 자신의 운명이 그 창가 옆 팀장 자리에 남겨진 것처럼 느꼈다. 하필 이 절박한 순간에, 손에 쥐고 있어야 할 핸드폰이 그의 곁에 없다는 사실에 이강준의 얼굴은 창백해졌다.

'나는 왜 이렇게까지 불운한 거지? 항상 핸드폰을 손에서 놓지 않는데, 왜 하필 지금은 손에 없는 거야?'

그의 가슴은 억울함과 분노로 타올랐다. 그는 마치 모래 속에 파묻힌 듯, 자신의 상황에서 벗어날 수 없는 답답함에 몸을 떨었다. 그토록 가까이 있었던 탈출구가, 이제는 닿을 수 없는 거리에 있다는 사실이 그를 더욱 절망으로 몰아넣었다.

이강준은 절망감 속에서 무기력하게 손을 허공에 내젓고, 입술이 파르르 떨리며 억눌린 분노와 고독을 뱉어냈다. 그의 눈에는 알 수 없는 공포와 불안이 서렸고, 그는 점점 더 깊은 어둠 속으로 가라앉는 것 같았다. 아무리 외쳐도 응답 없는 메아리 같은, 이 고립감은 그의 목을 조이듯 서서히 그를 짓눌렀다.

이강준은 다시 주머니를 뒤졌다. 손에 차가운 금속 대신 작은 우울증 약봉지가 걸렸다. 그의 손바닥 위에 놓인 하얀 알약은 마치 그의 절망을 응축해 둔 작은 결정체처럼 보였다. 손가락 사이로 느껴지는 그 단단한 감촉은 차갑게 식어 있었고, 그의 숨소리는 점점 거칠어졌다.

'이걸 먹으면…. 조금 나아질까?'

잠시나마 그런 기대를 품었지만, 곧 그 생각은 희미해졌다.

'약을 먹는다고 현실이 달라지는 것도 아니야….'

고개를 저으며 다시 생각에 잠겼다.

'지금은 혼자 있어서 약을 먹어도 아무도 봐주지 않아.'

'지금은 누가 날 불쌍히 여기고 구해줄 수도 없잖아. 그럼 이 약은 쓸모없어.'

그는 속으로 중얼거리며, 무력하게 손을 내젓고 고개를 떨구었다. 약을 삼킨다고 이 끝없는 어둠에서 벗어날 수 없다는 사실이 뼛속 깊이 스며들었다. 불안한 눈빛으로 주위를 둘러보았지만, 고립된 사막 한가운데에서 그 약은 그저 헛된 위안일 뿐이었다.

손가락 사이에 쥔 약을 무언가를 질질 끌어내듯 힘겹게 떼어낸 그는, 결국 그 약을 사막 위로 던졌다. 봉지가 모래 위에 떨어지자 그의 시선은 봉지가 날아가는 방향을 따라갔다. 바람에 휩쓸린 봉지는 이리저리 굴러다니며 희미한 자국을 남겼지만, 바람에 금세 지워졌다.

마치 그의 마지막 희망이 모래 속으로 사라져가는 것처럼, 이강준은 그 봉지가 사라지는 모습을 멍하니 바라보았다. 모래는 그 자국을 무자비하게 덮어버렸고, 그 순간 이강준은 모든 것이 무의미해지는 듯한 공허함에 빠져들었다.

이강준의 입술이 떨리기 시작했고, 억눌린 흐느낌이 그의 목에서 새어 나왔다. 얼굴은 창백해져 갔고, 그의 눈동자에는 공포와 무력감이 가득했다. 마음속 깊이 알 수 없는 두려움이 뿌리를 내리며, 마치 독처럼 그를 마비시켰다. 그의 숨결은 점점 끊어질 듯했고, 억눌린 울음소리는 차가운 사막의 바람에 휩쓸려 어디론가 사라졌다.

이강준은 더 이상 참을 수 없었다. 억눌린 감정이 한순간에 터져 나왔다. 그는 갓난아이처럼 울음을 터뜨렸다.

"으아앙!"

그의 울음은 처절했다. 눈물은 쉴 새 없이 흐르고, 그는 마치 어린아이처럼 울부짖었다.

'혹시 이렇게 울면 누군가 나를 구하러 오지 않을까?'

그는 속으로 그렇게 바라며 더더욱 크게 소리 내어 울었다. 눈을 감고 엉엉 울면서도 온 신경은 청각에 곤두세웠다. 그러나 사막은 여전히 고요했고, 세상은 그의 울음에도 무반응이었다. 그의 울음소리조차 메아리치지 않았다. 사막은 그 어떤 반응도 보이지 않았다.

이강준은 짜증이 밀려오자 모래에 발길질을 하기 시작했다.

"아니 왜 아무도 없어!"

그는 떼쓰는 어린아이처럼 눈을 질끈 감고 고함을 질렀다.

"아악! 악!"

그러나 그의 위협적인 고함은 모래바람 속에 흩어졌다. 주위를 둘러보았지만, 사막은 여전히 침묵만으로 답할 뿐이었다. 모래는 그의 외침을 삼켜버렸다. 그를 둘러싼 고요는 점점 더 깊어졌고, 이강준은 무력감에 휩싸였다.

잠시 후, 이강준은 문득 헛된 짓이라는 생각이 들었다. 사람들이 자신을 힘들게 할 때마다 보며 위안을 삼았던 명상 영상이 떠올랐다. 그 영상을 볼 때면, 그는 자신이 모든 것을 꿰뚫어 보고 진리를 아는 듯한 기분에 젖어 있었고, 주변 사람들을 악하다고 여겼다. 이강준은 갑자기 모든 것을 내려놓고, 명상을 하는 척 어른스럽게 굴기 시작했다. 그는 눈물을 억누르고, 차분한 표정을 지으며 평온한 척 행동했다.

'이렇게 하면 나를 가둔 초인적인 존재가 내가 성숙해졌다고 착각하고 풀어줄지도 몰라.'

그는 그렇게 스스로를 속이며 차분한 태도를 유지하려 애썼다. 사막 속에 자신을 가둔 어떤 힘이 그 모습을 보고 속아 넘어가기를 바라며.

그는 고요한 척, 평온한 척하며 연극을 계속했다. 눈을 감고 명상하는 듯하다가 슬쩍 실눈을 떠 주위를 살폈다. 그러나 사막은 여전히 아무런 반응도 보이지 않았다. 그가 아무리 연극을 이어가도, 그곳엔 그를 구해줄 구원자는 없었다. 그가 기다리던 존재도, 그를 돕기 위해 다가오는 이는 아무도 없었다.

시간이 흐를수록 그는 깨달았다. 아무리 어른스럽게 행동해도, 사막은 고요했다. 그제야 그는 자신이 무의미한 연극을 하고 있었다는 사실을 자각했다. 발버둥을 쳐도, 고집을 부려도, 속임수를 써도, 이 현실은 변하지 않았다. 그가 할 수 있는 모든 방법을 동원해도 결과는 바뀌지 않았다.

이강준은 무기력하게 주저앉았다. 모든 것이 헛된 것이었다. 그의 힘은 점점 빠져나갔고, 그는 다시 한

번 사막의 고요 속에 갇혔다. 아무도 그에게 반응하지 않았다. 세상은 여전히 그를 외면한 채였다. 그는 고요한 사막을 바라보며 절망에 빠졌다.

그러나 그때, 저 멀리서 한 줄기 희망이 보였다. 오아시스였다. 반짝이는 물이 고인 작은 호수와 푸른 나무들이 그의 눈앞에 나타났다. 이강준의 눈은 번뜩였다. 목이 타들어 가는 갈증과 그를 짓누르던 고통도 잠시 잊고, 오직 오아시스만을 바라보며 그는 무작정 발걸음을 옮겼다.

'저기야, 저기가 내 길이야. 거기에만 도착하면 내가 다시 일어설 수 있어.'

그는 자신에게 다짐하듯 속삭였다. 그러나 사막은 그에게 처음부터 희망을 허락할 마음이 없는 듯했다.

이상하게도, 오아시스를 향해 달릴 때 그의 발은 마치 공중에 떠오르는 듯 가벼웠다. 모래는 그동안 그를 무겁게 붙잡던 것과 달리 갑자기 그를 가볍게 놓아주는 듯했다. 발걸음은 경쾌했고, 고립감과 갈증은 한순간에 사라진 듯했다. 그러나 그 기쁨은 오래가지 않았다. 오아시스는 계속해서 멀어졌고, 그가 아무리 달려도 거리는 줄어들지 않았다.

"곧 도착할 거야. 조금만 더 가면 돼."

그는 이를 악물고 달렸다.

그러나 오아시스에 가까워질수록, 그것은 점차 희미해져 갔다. 손을 뻗으면 닿을 듯했지만, 반짝이던 물은 금세 증발하듯 사라졌고, 푸르렀던 나무들도 바람에 휩쓸려 사라졌다. 그가 꿈꾸던 구원은 그를 비웃듯 신기루처럼 눈앞에서 흩어져 버렸다. 남은 것은 여전히 끝없는 모래와 무자비하게 내리쬐는 태양뿐이었다.

이강준은 그 자리에 멈춰 섰다. 땀은 그의 이마를 타고 흘러내렸고, 눈은 뜨겁게 타올랐다. 그는 억울함에 몸을 떨었다.

"왜 나만 이런 일을 겪는 거야?"

그는 세상을 향해 외쳤지만, 대답은 없었다. 그가 아무리 고함을 질러도, 그의 목소리는 모래 속으로 사라졌고, 세상은 여전히 무반응이었다. 사막은 그의 절규마저 무심하게 삼켜버렸다. 그를 짓누르는 고립감은 더 깊어졌고, 이제는 발목을 잡고 더욱 무겁게 그를 끌어내렸다.

그러나 그는 그 감정을 애써 무시했다. 억울함과 짜

증이 그의 내면을 지배하기 시작했다.

'다들 나를 무시했어. 나는 누구보다 뛰어났는데, 그들이 날 알아주지 않았어. 그런데 왜 나한테 이런 일이 생기는 거야?'

그는 분노에 차 있었다.

그러던 그 순간, 한 사람이 낙타를 타고 천천히 사막을 가로지르고 있었다. 이강준의 눈에 그 사람은 마지막 구원의 손길처럼 보였다.

"저 사람이면 나를 구해줄 수 있을 거야."

그는 남은 힘을 쥐어짜듯 그 사람을 향해 발걸음을 옮기기 시작했다. 그러나 이번에는 오아시스를 향해 달리던 순간과 달랐다. 모래가 그의 발을 단단히 붙잡고 놓아주지 않았다. 한 걸음을 내디딜 때마다 모래는 그의 발을 깊이 파묻었고, 마치 그를 끝없는 사막 속으로 끌어당기려는 듯했다.

"안 돼!"

이강준은 발을 들어 올리려 애썼지만, 그럴수록 발은 더 깊이 잠겨갔다. 모래는 그의 살을 파고드는 듯한 고통을 안기며 그를 더욱 세게 움켜쥐었다. 그의 다리는 마치 사막의 손에 붙들린 것처럼 꿈쩍도 하지 않았다. 그의 발바닥은 이미 뜨거운 모래에 그을려 검게 타들어 가고 있었고, 그 고통은 참을 수 없을 만큼 깊어졌다. 그는 온 힘을 다해 그 사람에게 도달하려 했지만, 모래가 그의 발목을 더욱 세게 잡아끌었다. 마치 그를 이 사막에 영원히 묶어두려는 것처럼, 발이 모래 속으로 점점 더 빨려 들어갔다.

그 사람은 이강준이 몸부림치는 모습을 아랑곳하지 않고 천천히 멀어졌다. 이강준은 더욱 필사적으로 몸부림쳤지만, 그 사람은 점점 더 멀리 사라져 갔다. 그 사람의 모습은 멀리 희미해졌고, 이강준은 끝내 그를 놓치고 말았다.

"어떻게 이럴 수가 있어!"

이강준은 억울함에 몸을 떨며 외쳤다.

'오아시스는 저리 쉽게 달릴 수 있었는데, 왜 지금은 나를 이렇게 붙잡아 두는 거야?'

그가 아무리 발버둥 쳐도, 모래는 그를 더욱 깊이 묶어두었고, 발이 움직일수록 더 깊이 잠겨갔다. 마치 사막이 그를 조롱이라도 하는 듯, 이강준은 점점 더 깊은 모래 속으로 빠져들었다. 그의 살은 태양에 타들어 가고 있었고, 피부는 이미 갈라져서 뜨거운 모래가 그 틈으로 스며들었다.

그의 눈에는 절망이 깃들었지만, 여전히 억울함이 그의 마음을 지배하고 있었다.

'왜 나만 이렇게 힘든 거야? 내가 뭘 잘못했지?'

그는 자신이 겪고 있는 모든 고통이 남 탓이라고 굳게 믿었다. 모래는 그를 가차 없이 끌어당기고 있었고, 그의 발은 점점 더 깊이 파묻혀갔다. 모래바람은 마치 차갑고 무심한 속삭임처럼 그의 귀를 스쳐 지나갔다.

이강준은 더 이상 참을 수 없었다. 고독은 그를 무심하게 삼켜버렸고, 그 외로움 속에서 그가 느낄 수 있는 것은 오직 자신뿐이었다. 발밑의 모래는 점점 더 뜨거워졌고, 살을 파고드는 듯한 고통이 그의 발끝에서부터 전해졌다. 어디로 가야 하는지, 어떻게 해야 할지조차 알 수 없었다. 그의 마음속에서는 억울함이 치밀어 올랐지만, 그 억울함을 함께 나눌 사람은 없었다. 그것은 마치 끝없는 고독 속에 갇힌 메아리 없는 외침 같았다.

그의 눈에 맺힌 눈물은 아직 떨어지기도 전에 증발해 버렸다. 그 뜨거운 눈물조차 모래 위에 닿자마자 사라졌다. 눈물은 그의 고통을 증명할 수 없었다. 세상은 그의 고통을 받아들일 생각이 전혀 없었다. 그의 목소리도, 그의 고통도, 이 사막 앞에서는 아무 의미가 없었다.

이강준은 끝없는 사막을 걸었다. 그러나 남겨진 발자국은 없었다. 그의 발걸음은 모래에 묻혀버렸고, 바람이 스쳐 지나갈 때마다 모든 흔적은 흔적조차 남기지 않고 사라졌다. 그의 존재는 증명되지 않았다. 그를 바라보는 눈도, 그가 남긴 자취도 없었다. 발밑에서 스멀거리던 모래는 마치 이강준을 잡아당기듯 그의 발을 더 깊이 끌어내렸고, 그가 남긴 모든 흔적을 사라지게 만들었다.

그가 내뱉는 말들은 허공에 흩어졌다가 다시 자신에게로 돌아왔다. 세상은 그의 외침을 듣지 않았다. 그는 자신에게조차 대답할 수 없는 깊은 고립에 빠져 있었다. 억울함이 그의 마음속에서 타올랐지만, 그것을 나눌 이가 없다는 사실이 그에게 더 큰 고통을 안겨주었다. 그 고통조차도 이제는 무의미했다. 그의 정신은 끝없는 고립 속에서 비틀거리기 시작했다.

모래는 그를 무자비하게 끌어당겼다. 마치 살아있

는 생물처럼, 모래는 그의 발을 잡아챘고, 그는 벗어나려 발버둥 쳤지만, 그 발버둥조차 아무 소용이 없었다. 모래는 그의 살을 파고들며, 그를 차갑게 삼켜갔다. 그의 몸은 천천히 사라져갔고, 그가 발버둥 칠수록 더 깊이 빠져들었다.

그때, 먼 곳에서부터 거대한 모래바람이 공포스러운 기세로 다가오는 것이 보였다. 이강준은 서둘러 몸을 피하려 했지만, 거대한 바람의 벽은 이미 그를 집어삼키고 있었다. 모래바람은 그의 피부를 가차 없이 긁어대며, 바늘처럼 따가운 모래 알갱이들이 얼굴을 난도질했다. 눈을 뜨려고 애썼지만, 모래가 그의 눈두덩을 할퀴며 차가운 통증을 퍼뜨렸다. 숨을 쉴 때마다 목구멍까지 파고드는 모래가 그를 질식시킬 듯했다.

그러나 이강준은 그 자리에서 고집스럽게 버텼다. 모래바람을 이겨내겠다는 억지가 그를 그 자리에 붙들어 매고 있었다. 마치 몸을 송두리째 쪼개버릴 듯한 바람 속에서, 그는 비틀거리며 흔들렸다. 하지만 바람은 그칠 기미가 없었다. 더 강하게 몰아치는 바람은 그의 피부를 더욱 깊숙이 파고들어 살갗을 태우는 듯한 고통을 주었다.

'이렇게 계속 버티느니, 차라리 모래바람에 휩쓸려 날아가는 게 더 나을지도 몰라. 어쩌면 운이 좋으면 사막 밖으로 나갈 수 있을지도 모르지.'

이강준은 고통을 참으며 마지막 희망을 품었다. 그리고 마침내, 그 거대한 바람 속으로 몸을 내던졌다. 바람에 휩쓸린 그의 몸은 마구잡이로 이리저리 내던져졌다. 모래가 그의 입속으로 쏟아져 들어왔고, 갈라진 입술은 피와 모래가 뒤섞여 무감각해졌다. 그는 공중에서 이리저리 휘말리며, 날카로운 모래바람 속에서 신음했다. 그의 옷은 찢기고, 피부는 쓸리고, 눈은 피멍이 들 만큼 강렬한 바람 속에서 헤매었다.

그러다 갑작스럽게 바람이 멈췄다. 이강준은 온몸이 찢어질 듯한 고통을 느끼며 눈을 떴다. 그러나 그가 본 것은 여전히 끝없이 펼쳐진 사막이었다. 그의 몸은 산산조각 난 듯 느껴졌고, 이제 더 이상 숨을 쉴 힘조차 없었다. 하지만 그는 그 사막 한가운데, 덩그러니 남겨진 채로 다시 시작될 모래바람을 기다릴 수밖에 없었다.

이강준의 고립은 더 이상 단순한 느낌이 아니었다. 그것은 잔혹한 현실이었다. 세상이 그에게 등을 돌렸다는 그 감각은 이제 확실해졌다. 사막은 무심하게 그를 바라보며, 마치 존재조차 없다는 듯 그를 잔인하게 내버려두었다. 그는 세상에서 완전히 고립된 채, 사막에 영원히 갇혀버렸다.

12장

흩날리는 유산

*

이강준은 사막 한가운데 주저앉아 있었다. 타오르는 태양은 여전히 하늘 높이 떠 있었고, 그 빛은 이제 그의 눈에 더 이상 의미가 없었다. 그의 시야는 뿌옇게 흐려졌고, 사막의 끝도, 시작도 보이지 않았다. 그의 피부는 타들어 가고 있었고, 공기는 마치 그를 질식시키듯이 목을 조였다. 그러나 그는 더 이상 그 고통에 반응할 힘조차 남아 있지 않았다.

모래는 그의 발을 삼키기 시작했다. 처음엔 천천히, 그러나 곧 점점 더 빠르게 그를 끌어내렸다. 그의 다리는 이미 모래 속 깊이 잠겨 있었고, 발가락조차 움직일 수 없었다. 모래는 무거운 짐처럼 그의 몸을 감싸며, 그를 천천히 바닥으로 끌어당겼다. 이강준은 저항하지 않았다. 저항이 무슨 의미가 있겠는가.

'나는 애초에 성공할 운명이 아니었나?'

그는 고개를 떨군 채 속으로 되뇌었다. 그러나 그 질문조차 허망하게 느껴졌다. 이제 그 답은 그에게조차 알 수 없었다.

태양은 더 이상 그에게 위협이 아니었다. 머리 위에서 타오르는 그 강렬한 불덩이조차도 이강준에게는 그저 흐릿한 빛으로 느껴졌다. 그의 눈꺼풀이 무거워졌고, 시야는 점점 더 좁아졌다. 그가 보는 마지막 장면은 사막의 끝없는 모래와 하늘 위에 아지랑이처럼 떠다니는 태양이었다.

모래는 그의 허리까지 차올랐다. 그는 더 이상 자신의 다리를 느낄 수 없었다.

'왜 이렇게 된 걸까? 왜 나만 이런 고통을 당하는 거지?'

그는 혼잣말처럼 중얼거렸다. 그는 자신의 지난 삶을 떠올렸다. 그가 사람들에게 던졌던 잔인한 말들, 그가 쌓아 올렸던 허세와 거짓된 자신감, 그리고 그가 끊임없이 갈구했던 인정과 칭찬. 그러나 그 모든 것들이 이제는 모래 속에 묻히고 있었다. 그가 그토록 자랑스럽게 쌓아 올린 모래성은 이 사막에서 아무런 의미도 없었다. 그 모래성은 이미 사라졌고, 그 흔적조차 남지 않았다.

'나는 잘하려고 한 것이었는데, 왜 아무도 날 인정하지 않았지?'

그는 여전히 자신의 잘못을 받아들이지 못한 채 분노에 차 있었다.

그는 주위를 둘러보았다. 그러나 그가 볼 수 있는 것은 아무것도 없었다. 오직 모래, 그리고 타오르는 태양. 그는 그 고요함 속에서 끝없이 무력감을 느꼈다. 이강준은 더 이상 자신이 어디로 가야 할지 알 수 없었다. 아니, 어쩌면 자신이 어디로 가야 하는지 관심조차 없었다. 그저 이 끝없는 사막 속에서 서서히 사라질 뿐이었다.

모래는 그의 가슴까지 차올랐다. 숨쉬기가 점점 더 어려워졌지만, 이강준은 그조차도 느끼지 못했다. 그를 짓누르는 것은 육체적인 고통이 아니라, 억울함과 좌절이었다. 그가 그토록 달려왔던 길, 그가 갈망했던 성공과 인정, 그 모든 것이 이제는 아무런 의미도 없었다. 그의 몸은 천천히 모래 속에 파묻혀가고 있었고, 그의 숨소리는 점점 더 희미해졌다.

이강준은 마지막으로 하늘을 바라보았다. 하늘은

여전히 맑고 파랗게 빛나고 있었지만, 그에게는 아무런 위로도 되지 않았다. 오히려 그 끝없는 고통만이 더 선명해졌다. 그의 눈은 점점 감겨갔다. 그 순간, 그는 속으로 자신의 이름을 중얼거렸다.

"이강준."

그러나 그 이름조차도 사막의 바람에 휘말려 흔적없이 사라졌다. 그의 목소리는 이제 그 자신에게도 들리지 않았다. 그의 존재는 점점 더 희미해져 가고 있었다.

모래는 이제 그의 목과 얼굴을 덮기 시작했다. 그는 점점 숨을 쉴 수 없었고, 공기는 그에게 더 이상 닿지 않았다. 그의 입술이 마지막으로 미세하게 움직였지만, 그 말은 아무도 들을 수 없었다. 그 자신조차도 그 마지막 말이 무엇이었는지 알지 못했다. 그것은 그의 의식이 완전히 사라져가는 마지막 흔적에 불과했다.

이강준의 시야는 완전히 어두워졌다. 모래는 그의 얼굴을 덮으며, 그의 육체는 이 세상에서 완전히 사라졌다.

사막은 다시 고요해졌다. 그곳에 남은 것은 뜨거운 태양과 끝없이 이어지는 모래뿐이었다.

에필로그

사막은 여전히 그 자리에 있었다.

모래는 바람에 의해 끊임없이 움직였고, 태양은 어김없이 타오르고 있었다. 이강준의 흔적은 더 이상 어디에도 남아 있지 않았다. 그가 걸었던 길도, 그가 남겼던 발자국도, 그가 쌓아 올렸던 모든 모래성도 이제는 흔적도 없이 사라졌다. 처음엔 자신이 그 수많은 모래알과는 다르다고, 고독한 존재로서 사막과 싸우고 있다고 생각했다. 그러나 그조차도 환상이었을 뿐이었다.

사막은 무심하게 그를 삼켰다.

그가 남긴 발자국이 지워진 자리에는 오직 그를 빨아들인 모래만 남아 있었다.

그를 기억하는 사람은 아무도 없었다.

그의 이름은 한때 사람들 사이에서 잠시 회자되었

을지 몰라도, 이제는 그마저도 누구의 기억 속에서도 지워져 있었다. 회사에서도 그의 존재는 이미 삭제되었고, 사람들은 그를 떠올리기 싫어했다. 누구도 그의 이야기를 꺼내지 않았다. 그의 야망과 고집, 끝없는 인정 욕구는 결국 그 누구에게도 중요하지 않았고, 의미 없는 것이 되어버렸다. 그가 떠난 자리는 허무하게도 다른 누군가로 쉽게 채워졌다.

그가 그렇게 필사적으로 쌓아 올렸던 모든 성취는 결국 모래처럼 흩어졌고, 그 안에 담긴 의미조차 아무도 찾지 않았다. 사람들은 그의 고집스러움을 비웃으며 사라져 갔고, 그의 성취는 아무도 기억하지 않았다. 그의 모든 노력은 그저 바람에 흩어진 모래알처럼 덧없이 사라졌다.

그는 자신이 특별하다고 믿었다.

다른 사람들보다 우월하고, 더 많은 것을 가질 자격이 있다고 생각했다. 그러나 결국, 그는 아무것도 가지지 못했다. 그의 삶은 그 자신에게조차 의미 없는 것이 되었고, 세상은 그가 사라졌다는 사실조차 알지 못했다. 이제는 고독한 존재조차 아니었다. 사막 속에 흩어진 수많은 모래알처럼, 그는 그저 그중 하나가 되어버렸다.

이 사막에는 오직 그 혼자뿐이었다.

그 누구도 그의 이야기를 기억하지 않았고, 이제는 그조차 자신을 잊은 채 사라져갔다. 그의 모든 고통과 분노, 갈망은 사막과 함께 집어삼켜졌고, 그는 그저 사라져 버린 모래알이 되었다.

이강준은 자신이 끝까지 특별하다고 믿었다.

하지만, 그가 남긴 것은 아무것도 없었고, 사막은 그를 완전히 잊었다.

이곳은 그런 곳이다.

모든 것이 무의미해지는 곳.

모든 것이 사라지는 곳.

이강준은 사라졌고, 이제 사막만이 남아 있다.

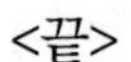

<작가의 말>

이 작품은 저에게 많은 것을 되돌려주는 과정이었습니다. 마치 먼지가 쌓인 거울을 하나씩 닦아내며, 내면의 혼란과 어지러움을 정리해 가는 시간이었죠. 글을 쓰다 보니 어느 순간부터 실존 인물의 이름조차 흐려지기 시작했고, 오직 '이강준'이라는 이름만이 머릿속에 남아 있음을 깨달았을 때, 묘하게 기뻤습니다. 현실 속에서 그 사람의 이름을 부를 때도, 저는 거의 본능적으로 "이강준이…."라고 말할 뻔한 적이 있었죠. 그 순간, 현실과 허구의 경계가 흐려지며 내면의 갈등이 조금씩 해소되는 걸 느꼈습니다.

이강준이 끊임없이 가해자, 피해자, 구원자의 역할을 오가며 혼란을 주는 수법은 저에게 매우 익숙한 방식이었습니다. 그의 모든 행동은 과거에 이미 겪었던 것들이었거든요. 이강준의 행동을 볼 때마다 마치 데자뷔처럼 다가왔습니다. 어린 시절의 경험 덕분에 저는 그에게 쉽게 무너지지 않았습니다. 그러나 그런 경험이 없었다면, 더 현명하고 객관적으로 대처할 수 있었을지도 모르겠네요.

이렇게 보면, 마치 제가 이 글을 쓰면서 모든 것을 성공적으로 끝낸 것처럼 보일지도 모르겠습니다. 하지만 실제로는 글을 쓰는 동안 끊임없이 몸이 아팠고, 심지어 여러 번 구토를 하기도 했습니다. 왜 그런지 알 수 없었어요. 창작의 고통이란 이런 걸까요? 아니면 제가 지나치게 어두운 이야기를 써 내려가면서 무의식적으로 벌을 받고 있는 건 아닐까 하는 생각마저 들었습니다. 심지어 위암이라도 걸린 게 아닐까, 걱정될 정도였죠. 그런데 출간 계약서에 제 이름을 쓰는 순간, 거짓말처럼 속이 편안해졌습니다. 이 자리를 빌려 포레스트 웨일 출판사 분들께 감사의 마음을 전합니다.

저는 세상 모든 것이 결국 균형을 찾는다고 믿습니다. 누군가에게서 받았던 무의식적인 조작이나 억압도 결국 제자리를 찾아가며, 그 과정에서 우리는 고통 속에서도 질서를 발견할 수 있죠. 이 이야기는 단순히 고통과 억압을 해소하는 여정만이 아닙니다. 제가 받았던 수많은 모래도 결국 원래 주인에게 돌아갈 것이라는 믿음에서 비롯된 것입니다. 모래 한 알갱이조차도 굳이 제가 애쓰지 않아도 제자리를 찾아갈 겁니다. 그리고 그 과정에서 제가 해야 할 일은 그저 관찰하고, 스스로 평화를 되찾는 것입니다.

창작은 저에게 혼란 속에서 질서를 찾는 과정입니다. 사소한 사건이나 대화 속에서 감춰진 패턴을 발견하고, 그 패턴을 분석해 새로운 질서를 만들어내는 과정은 저에게 큰 의미를 줍니다. 결국, 이 소설도 그러한 작업의 일환이었습니다. 저는 모든 혼란스러운 상황 속에도 질서가 숨어 있다고 믿습니다. 그리고 그 질서를 찾아가는 여정이 이 작품을 통해 독자 여러분께 전해지기를 바랍니다.

2024년의 초가을

명소민

유산의 허상

초판 1쇄 발행 2024년 11월 13일
초판 1쇄 인쇄 2024년 11월 13일

지은이 명소민

디자인 포레스트 웨일
펴낸곳 포레스트 웨일
출판등록 제2021-000014 호
주소 충남 아산시 아산로 103-17
전자우편 forestwhalepublish@naver.com

종이책 979-11-93963-61-6